微甜花嫁时

THE LITTLE SWEET WEDDING

宅小花 著

R 天津出版传媒集团

天津人民出版社

图书在版编目（ＣＩＰ）数据

微甜花嫁时 / 宅小花著． -- 天津 ：天津人民出版
社，2017.9（2020.3重印）
ISBN 978-7-201-12296-0-01

Ⅰ．①微… Ⅱ．①宅… Ⅲ．①长篇小说-中国-当代
Ⅳ．①I247.5

中国版本图书馆CIP数据核字(2017)第206669号

微甜花嫁时
WEI TIAN HUA JIA SHI
宅小花 著

出　　版　　天津人民出版社
出 版 人　　刘　庆
地　　址　　天津市和平区西康路35号康岳大厦
邮政编码　　300051
邮购电话　　（022）23332469
网　　址　　http://www.tjrmcbs.com
电子信箱　　reader@tjrmcbs.com

责任编辑　　玮丽斯
特约编辑　　袁　卫
装帧设计　　胡万莲
责任校对　　落　语

制版印刷　　三河市华东印刷有限公司印刷
经　　销　　新华书店
开　　本　　660毫米×960毫米　1/16
印　　张　　16
字　　数　　186千字
版权印次　　2017年9月第1版　2020年3月第2次印刷
定　　价　　42.80元

CONTENTS

目录

THE
LITTLE
SWEET
WEDDING

CONTENTS

THE
LITTLE

SWEET
WEDDING

目录

THE
LITTLE

SWEET
WEDDING

楔子

订婚协议。

对，就是订婚协议，也可以叫婚书。

鬼才知道，她只是来都大报到，就从书包里掏出了这么个玩意儿……

姚林林站在新生如林的学校礼堂，前一秒还人声鼎沸的学校礼堂，现在所有同学都像是被人施了魔法一样，张大嘴，瞪大眼，静止地看着她。

姚林林也静止了，她保持着递"录取通知书"的姿势，已经有一分钟没有动了。

"如果我没看错的话……"坐在桌子后面的学长推了推黑框眼镜，在万众静默的时刻缓缓说，"这位同学，你是和本校的传奇人物——湛森同学，订婚了吗？"

不要重复啊！这么张扬高调，生怕别人不知道吗？

姚林林内心已经崩溃，却只能大义凛然地深吸一口气，迅速把那张拿错的订婚协议收起来。

"误会，完全是个误会，这位学长，你可以听我解释……"

学长不为所动："湛森同学的照片我又不是不认识，还有他的签名，那么独特……同学，全校学生的学籍证明我们学生会都看过的。"

"你弄错了，这真的是个误会……"姚林林苍白无力地解释着，满头大汗地在书包里找录取通知书，可是越急越找不到。

"没想到咱们学校的金字招牌，我考入这所大学的动力，就这么被人捷足先登了……苍天啊！"

人群里不知道谁突然说了这句话，一石激起千层浪，一时间，静默的人群全都骚动了起来！

"湛森订婚了？为什么？我不相信！"

"是谁？长什么样？这世上还有配得上湛森的女生？"

……

此起彼伏的痛哭和抱怨响起。

姚林林总算找到了录取通知书，不过此刻的她已经完全不敢再多说一句话，在对面的学长莫名其妙的诡异笑容中飞速办好入学手续，就灰溜溜地逃跑了。

我能怎么办？我也很绝望啊！

姚林林仰天长啸！

楔子

THE
LITTLE

SWEET
WEDDING

THE
LITTLE

SWEET
WEDDING

第一章

01

▶ 我被订婚了!

1

时间还要回到一周前——

"阿森和林林终于长大了，这样一来，他们的婚事我就放心了。"

洁白的医院病房里，正在忙碌着的众人猛然间停顿了下来。

姚林林刚要把削好皮的苹果放进嘴里，一下没拿稳，苹果"咚"地掉到了地上。

"爷……爷爷，你在说什么啊？"

"乖孙女儿，你怎么回事？爷爷说呀，你和阿森长大了，爷爷终于可以看到你们结婚了。"头发花白的爷爷坐在病床上，一脸慈祥地看看左手边的姚林林，又看看右边一脸阴沉的湛森，眼里露出柔和的目光。

爷爷是经历过风霜雪雨的军人，七十岁那年被确定患了阿兹海默症，如今三年过去了，他的病情也越来越严重。一年前，为了能让爷爷得到更好的治疗和照顾，爸爸妈妈把爷爷送到专业疗养院，而今天恰好就是大家探望爷爷的日子。

爷爷也不知道怎么回事，虽然不认识自家儿子媳妇，却能认出姚林林，知道她是自己的孙女儿。

一家人正其乐融融的时候，湛森和他的父母来了。

原本姚林林和湛森是应该活在两个世界的人，却因为双方父亲以前当过战友，关系亲密，而湛家父母工作繁忙，所以在湛森五岁的时候，他们就把湛森送到姚林林家，一住就是五年。一直到姚林林八岁之前，她都是和湛森生活在一起的。

五年的时间里，姚林林带着比自己大两岁的湛森掏鸟蛋、追狗、踢球打坏邻居的玻璃……全程湛森都安静地充当她的跟班，两人之间的关系，实在是有点莫名其妙。

"湛森，隔壁的王小明不借我作业抄，我们去揍他。"

"湛森，三班的小花说她被班上的小胖欺负了，走，我们去教教他怎么做人。"

……

就这样，姚林林和湛森成了小学里著名的校园小霸王，这种情况一直延续到湛森十岁那年。

姚林林直到现在都还记得，当湛森父母来接他回家的时候，自己是怎样哭得一把鼻涕一把泪地抱住他的大腿。

"我不要湛森走！我不要湛森走！我要他留下来！"

她的哭声震天，就差掀翻屋顶了。

湛父湛母一脸为难地站在姚家门外：自家儿子在别人家住了几年，居然带不走了？这找谁说理去？

反正这件事到最后，是爷爷化解了这场灾难——

就在姚林林快要哭晕过去的时候，爷爷从屋子里跑出来，一把抱过姚林

01

第一章

我被订婚了！

林："哭什么哭？这么舍不得，以后长大，我们林林嫁给湛森就好了。"

所有人一齐愣了。

姚林林果然止住了哭泣，眨巴着眼睛看着自家爷爷："嫁给他？"

"嗯。"爷爷点头，"你先让湛森回去，等你们长大了，爷爷会让你们结婚的。到时候，你和湛森，就永远都不会分开了。"

往事回忆到这里，姚林林怎么也不会想到，这不过是小时候的一句戏言，竟然被患上阿兹海默症的爷爷记了这么久！

懂事以后，每次回想起自己当年那么蠢，她都恨不得重回娘胎里再生一次，所以姚林林一次也没有联系过湛森。男生也很识趣，这么多年来，他也从来没有和姚林林联系过，今天在医院可是两人这么多年来第一次见面。

不得不说，比起十一年前，湛森变化太多了，小时候那个文静秀气的小男生如今成了一个眉目清俊的少年。今天的湛森穿着简单的白T恤和牛仔裤，干净清爽，一米八的身高让人不得不仰望。

湛森也看到了姚林林，跟小时候比起来，她内敛文静了很多，至少不像小时候那样挂着两条鼻涕就敢冲出去称霸武林了。小巧的鼻子，黑长的直发，比自己矮一个头的身形，白白净净的脸上还有些婴儿肥，使她平添了几分可爱。

湛森微微笑了笑，明眸皓齿，仿佛春暖花开。

姚林林很快移开了目光：臭小子，真是男大十八变啊，越来越帅了。

正在两人"眉来眼去"的时候，爷爷突然拉住了姚林林的手："阿森啊，咱们家林林小时候就喜欢你，爷爷不是老花眼，知道你们两个互相喜欢对方，今天正好趁你们都在，爷爷这桩心愿也可以了了。"

姚林林："爷爷，我是林林。"

她抬眼看了站在自己对面的少年一眼，实在想不通爷爷是怎么把她和面前的少年给弄混的："那个……爷爷，您都说是小时候的事了，我现在已经不喜欢湛森……"

"阿森，你说什么？"

哪知道姚林林才刚开口拒绝，就被爷爷这一声震天吼给镇住了，他指着姚林林——

"阿森，你居然敢拒绝我们家林林？你真是气死我了！"

"爷爷，我是林林啊！"

然而姚老爷子根本就当成没听到，老人家正气得浑身发抖。

在场的姚妈妈一把拉开姚林林，苦口婆心地劝自家老爷子："爸，林林和湛森那都是小时候开玩笑说的结婚，他们两个小孩子，怎么能说结婚就结婚呢？再说了，湛森喜不喜欢林林还不一定呢……"

"谁说的？"姚妈妈还没说完，就被姚爷爷打断了，他瞪起眼睛看着姚妈妈，"我告诉你们，阿森比谁都喜欢林林，不然我老头子的脑袋砍下来给你当凳子坐！"

此话一出，湛森的爸妈也傻眼了，毕竟他们只是依循礼节来探望姚爷爷，现在事情发展成这个模样，大家顿时都慌了神。

"你们都给我出去！出去！"古稀老人坐在病床上手脚乱挥，"你们谁再给我反对，我就死给你们看！死给你们看！"

病房里一下子乱成了一团，闻声而来的护士只好把在场的所有家属都赶了出去。

姚林林被众人挤着，一下子挤到了湛森的身边。护士们进进出出的，难免慌乱，一不小心她就被撞了一下。就在即将跟大地来个亲密接触的时候，她被一双有力的手扶住了。

男生搂住她的腰，微微一用力，两个人之间隔着一些距离，姚林林就这么站直了。

"谢，谢谢。"姚林林整理了一下衣襟，略微有些局促地说。

这是他俩十一年来第一次见面所说的第一句话。

实在太尴尬了，儿时玩伴重逢，竟然就讨论自己要不要和对方订婚……

"不用。"男生摆明了一个字也不愿意多说。

至于嘛，不就是被爷爷乱点鸳鸯谱吗？也用不着这么快想着撇清关系吧……好歹小时候也是睡一张床的关系，长大了怎么这么别扭？姚林林一边腹诽一边站到了自家父母身边。

爷爷的主治医生走了出来，姚父姚母一下子就跑到了医生面前。

"医生，我爸他这是怎么了？一下子胡乱说话，一下子又发脾气的，他以前从来不这样啊！"姚父是个孝顺儿子，现在自己的老父亲成了这个样子，急得都要落下泪来。

"是啊医生，姚老爷子这是怎么了？您跟我们说说，我们才能放心啊。"湛爸爸也上前一脸关切地问道。

姚林林和湛森也围过去。

医生站在病房门口，见这两家子都一脸焦急的表情，不由得叹了一口气，问道："你们谁是林林，谁是阿森啊？"

姚林林和湛森对视一眼，还是姚爸爸先问："医生问林林和阿森是要做什么呢？"

"哦……"那医生解释道，"我刚才听病人说他有一个心愿，就是想在死之前看到林林和阿森完婚。他说你们不答应他，不愿意让他这个老头子了无牵挂地走……我跟你们讲，老爷子的阿兹海默症，最怕的就是情绪激动，你们要顺着他的心意才行，千万不要违逆他。他要让林林和阿森完婚……就算是哄，也要哄好他，不然病情加重，我们也没有办法。"

医生说完这些就走了，姚家和湛家站在病房外面面相觑。

良久，姚爸爸才说："刚才医生是说……要我们顺着我爸的意思……"

"让两个孩子订婚。"湛爸爸接道。

"不行！"

"不行！"

姚林林和湛森一起开口！

2

两人对视一眼，姚林林率先一步跑到自家爸爸身边："爸，这可是我的终身大事，不能就这样草率啊。"

湛森没有说话，但神态间显然是赞同她的话。

"唉……那你说怎么办呢？"姚爸爸一脸为难的神情。

一时间大家都沉默了。

过了一会儿，湛爸爸说："我看，要不然就答应了老爷子吧？"

姚爸爸顿时瞪大眼睛："那怎么行……"

"没说是真的呀。咱们就是顺着老爷子的心意，答应了他，以后等他好

了，再告诉他真相。"说着，湛爸感慨地叹气，"当年要不是老爷子帮我们带湛森，还真不知道该怎么办，所以就算是报恩，我也同意这个决定。"

"可……"姚爸爸还有些为难。

湛妈妈也凑了过来，几个大人窸窸窣窣地商量了一阵，把林林和湛森叫到身边一说，姚林林和湛森面面相觑。

"爸，这不好吧！"她想拒绝。

"爸知道你心里想什么……"可是姚爸爸先一步打断了她，叹气道，"可这只是假的，你们就在爷爷面前装一下吧。"

"我……"姚林林退却了，"我知道了，爸，我同意。"

确实，这么多年来，她是爷爷亲手带大的，深厚的祖孙情甚至超越了跟父母的感情。在姚林林的心里，爷爷就是她最亲的家人了，现在只不过是撒一个谎罢了，有什么要紧的呢？

一时间，大家的眼睛都看向了湛森。男生站在医院走廊里，薄唇轻抿着，脸上看不出是什么情绪，就在大家快要憋不住的时候，男生开口了。

"我同意……"

众人顿时如释重负。

再一次进病房，大家的脸上都堆出了笑脸，唯有姚老爷子还一脸怒容，看着姚父姚母也没什么好脸色。

"爸……"姚父上前握住爷爷的手，耐心道，"林林和湛森同意了，我们同意，让他们两个订婚。"

"什么？"爷爷一下子变得开心起来，他看向姚林林和湛森，"你爸说的是真的吗？"

姚林林点点头："是真的，我同意和湛森订婚。爷爷，你就不要生气了。"她说着，上前拉起爷爷的手撒娇。

"好，好好！"爷爷高兴得眯起眼睛，脸上的阴霾一扫而光，"既然这样，你们现在就把订婚协议签了吧。"

姚林林和湛森还没反应过来，就见爷爷突然从枕头底下拿出一个文件袋，从里面抽出两张纸来。

大家定睛一看，原来是两份婚书！

"来来来，林林，湛森，你们既然同意了，就在这里把字签了。签了字，爷爷也好开始筹备你们的婚礼。"

爷爷到底是什么时候准备的这些东西啊！简直让人措手不及好吗？

姚林林："爷爷，我们都已经答应您了……"

"快点在这里签字！今天能看到你们两个订婚，爷爷真是太开心了！哈哈哈！"

伴随着爷爷一阵爽朗的笑声，姚林林想到刚才医生说的话，只好赔笑："还是爷爷想得周到，我们这就签字。"说着，她上前来率先签完字。

做完这一切，姚林林正要抬起头来看湛森，却见男生不声不响地从她手里接过协议，"唰唰"几笔把自己的名字写上。

婚书一式两份，姚林林和湛森各一份，就这么被爷爷交到了两人手上。

全程姚林林都是懵的……

为了以防万一，从医院出来的时候，姚林林把湛森拖到了僻静的角落。

"协议的事，咱们还是保密，要不然……"

"我不会说出去的，"男生打断了姚林林的话，言语里似乎有一丝不耐

烦，"倒是你，马马虎虎的，不要捅娄子。毕竟在一个学校，我不想听到什么风言风语。"

没错，姚林林今年刚刚参加完高考，起早贪黑拼掉了半条命才考上的大学，就是湛森就读的都大，名牌学府。

"我还不想跟你有什么瓜葛呢！警告你，你也别在别人面前乱讲话！我美好的大学生活，还期待着一场轰轰烈烈燃烧的青春呢，可不想整天活在别人八卦的目光里。"

姚林林说完这话，她和湛森突然对视，男生漆黑的眸子没什么情绪，女生一副耀武扬威、绝不认输的架势。

"一言为定！"

说完，两人便同时转身，朝着两个不同的方向离开了医院。

当天签完协议之后，姚林林就随手把这页纸扔进了自己的包里，两个月的时间，她都已经忘了这回事，没想到竟然在开学的这天被捅了出来！

她只是个才来报到的大一新生罢了，消息应该不会传播得这么快的……姚林林坐在宿舍里暗自祈祷着，希望湛森不要得知这个消息。

"丁零零……"电话声突然响起，姚林林吓了一跳，拿起手机一看，是闺密林宝儿打来的。她才刚接起电话，就被话筒里的大嗓门惊着了。

"哎呀，林林，你怎么这么久才接电话啊？你去哪儿了？怎么一直没看到你的人？我跟你说，这大礼堂，人也太多了！我还在排队报名呢！那个，我的行李到了，你帮我到楼下去拿一下，辛苦亲爱的啦！等会儿姐姐给你带好吃的！拜拜！"

姚林林根本就没来得及说一个字，那边就挂断了电话。

"臭丫头，成天就知道使唤人。"

姚林林冲着手机张牙舞爪了一番，收拾收拾就下楼去了。

都大在全国都是排得上号的名门学府，之前姚林林来宿舍来得匆忙，没来得及细看，其实女生宿舍的环境还是很好的，树木葱茏，幽深静谧，背后还靠着学校的山，舒适安泰。姚林林下楼来到宿管阿姨那里，正准备问林宝儿行李的事，一个熟悉的身影突然闪进了她的眼帘。

湛森。

都大所有女生的梦中情人，移动的荷尔蒙，活体高富帅……她订婚协议上的另一半。

此刻，他正站在女生宿舍不远处的凉亭下面，一双眼睛乌沉沉地看向姚林林。

夏日阳光鼎盛，男生白衬衫黑长裤，自成一道养眼的风景。

然而姚林林怎么也不敢再往那边看过去了。

她只想逃。

这么想着，姚林林假装自己没看到湛森，闭着眼睛正要往回走，一只手却突然搭上了她的肩膀——

"姚林林，我们谈谈。"

3

"姚林林，你想干什么？"

湛森把姚林林拉到女生宿舍的凉亭里才放开手。这里现在还没有什么

人，他低着头俯视着她，眼底隐隐有怒气升腾。

"真是个误会！"姚林林平日里大大咧咧，现在也禁不住低下头，白皙的面庞微微发红，"我没想到消息会传得这么快……真的是我拿错了！"她说着，双手合十，"对不起，你就看在我初犯的份上，饶过我吧！我会向大家解释清楚的，就说……就说是我暗恋你！所以才搞出这个乌龙来！"

湛森眼底精光一闪："暗恋？"

"是啊是啊……"姚林林点头如捣蒜，"我暗恋你，然后去网上下载了你的签名，要别人模仿你的笔迹，这所有的一切都是我自己乱弄的，你看这样行不行？"

湛森好看的眉头轻轻皱起，看样子似乎有些不高兴。

"那不然这样，我就说这是一个恶作剧……"

姚林林话还没说完，男生冰冷的声音就打断了她："以后不要再这么冒冒失失了。"

"啊？"她愣住。

湛森叹了口气，嫌弃地看着姚林林："从小到大，你真是一点没变。"

姚林林瞬间就怒了。

她在上这所大学之前就听说过，自己儿时的玩伴，那个总是跟在自己屁股后面的文秀安静小哥哥湛森，多么多么天赋英才，每次奥数比赛都拿第一，进入都大也是不费吹灰之力。跟这样高智商的人相比，她虽然是怎么样都赶不上，但也不代表自己可以随便被人嫌弃！

"你管我小时候和现在有没有变化！总之，订婚协议你和我都知道是假的，今天是我做错了，现在我诚恳地跟你道歉！你接受也好，不接受也好，以后我会尽量远离你的，不会再让人误会我俩有啥关系了！”

姚林林义正词严地说完这些，却发现对面的湛森脸色越来越难看。

“姚林林，你说什么？”男生向前一步，阴影完全笼罩了姚林林。

女生不甘示弱，反而上前一步，高昂着头：“我说对不起，以后咱俩没关系！”

“姚林林！”男生被激怒，提高了嗓门。

女生宿舍下面的凉亭虽然人少，但湛森毕竟是都大的风云人物，一开始，他们就吸引了不少人的目光，他愤怒的声音传了出去，更多八卦的目光看了过来。

在离凉亭稍远一点的地方，一个长发飘飘的女生站在那里，一袭美丽的波西米亚长裙，吊带衬托出她雪白瘦削的肩膀，长发披散，微风拂动间，女生姣好的容颜若隐若现。

“那不是温菡吗？”

有学生认出了温菡，不由得低声讨论。

“咱们学校的校花啊，谁不认识！你听说了吗？有个女生，跟湛森弄了个什么订婚协议呢！你看是不是凉亭里那个？”

“真的？但是我怎么听说温菡才是湛森的女朋友啊？要是湛森有个未婚妻，那温菡咋办？”

“谁知道呢！反正人家是大校花，不愁没人追，就算没了湛森，也有大把的帅哥等着献殷勤……”

同学们三三两两地从温菡面前走过去，而被议论着的美女，脸上却丝毫没有愠怒，只是淡然含笑地看着不远处的湛森和姚林林。

"叮咚！"

微信提示音响起，温菡拿出手机，屏幕上跳出表妹发来的话。

"表姐，我要去都大啦，园林设计系，你要多照顾我哦！"

"好的，欢迎。"

温菡在微信后加了个笑脸，然后把手机放回去。

她是湛森的绯闻女友，但其实他们的关系并不是大家说的那样。不过即使是绯闻，温菡也乐在其中。

她从大一开学就对湛森一见钟情，虽然现在已经大三，可温菡永远记得，当她慌乱地在学校里迷路时，湛森好心地帮她指了路。夏日空气里漂浮着好闻的玉兰树香味，绿意盎然的学校拐角处，男生的眉眼被阳光照射得微微发亮，简简单单的白色T恤和牛仔裤，却衬得他挺拔俊朗……她一颗心就这样迷失在了夏日的阳光里，从此一发不可收拾。

她喜欢湛森，在整个都大也不是什么秘密了。从大一一见倾心的那一刻起，她就开始了追求湛森的漫长道路，虽然被拒绝了好几次，但温菡相信凭借自己出众的外貌和优秀的内涵，拿下湛森，只是时间早晚的问题。

但她没想到，半路上杀出个订婚协议！

湛森订婚了？温菡一下子慌了神，正准备下楼去找湛森问个清楚，却看到男生沉着一张脸朝女生宿舍走过来，接着她便看到了姚林林。

稚气未脱的小丫头，看起来挺娇小可爱的，只是看湛森冲她发脾气的样子，温菡的心就放了下来——湛森肯定不喜欢她。

姚林林怒目看着湛森："你想怎么样？"

男生正准备说话，姚林林的手机突然响了起来，她接起手机还没开口，林宝儿的大嗓门就传了过来。

"林林快来啊！你的行李被人抢了！"

"什么？"

姚林林大叫一声，也不管湛森是不是还在生气，转头就往宿舍跑。

而此时，湛森的电话也响了起来……

跑到宿舍的姚林林，果然看到有一群人正在搬自己的行李，死党林宝儿整个人挂在她的行李箱上，一边和那帮拿姚林林行李的人纠缠一边嚷嚷。

"大白天的强抢行李！我警告你们，都给我放下！要不然你们把我也拖走！"她看到姚林林，眼睛一亮，"林林！我报完名发现你还没去领行李，就干脆自己去领了，正准备去找你呢，就看到了这些人！"

姚林林上前来一把拽开林宝儿，把她挡在自己身后，怒目看着那些搬行李的人："我报警了！这是我的行李，你们再敢动一下试试！"

"我说，怎么回事！"搬行李的人也急了，中年大叔一脸郁闷的模样，"是别人打电话要我们来搬东西的，还让不让人好好工作了？我们也只是卖苦力的啊……"

"实在很抱歉，是我们没有协商周全，大叔，您继续搬吧，这是给您的小费。"

一只洁白修长的手从后面伸过来，递过一张粉色的钞票。

听到这熟悉的声音，姚林林皱起了眉头："湛森？"

湛森面无表情地出现，让所有人都吓了一跳。他把姚林林拉到角落低声说："刚才家里来电话了，说是爷爷没看到我们住在一起，现在正在我家大发雷霆。"

01

第一章

我被订婚了！

　　"什么？"姚林林顿时就把之前的恩怨忘得一干二净，惊奇地说，"我们不是已经答应爷爷订婚了吗？现在是什么情况？"

　　"爷爷说我们两个既然订婚了，就应该住在一起……"湛森顿了顿，看看四周，又压低声音说，"这些搬运工都是我父母叫过来的，为了安抚爷爷，要把你的行李都搬到我家去……从今往后，我们就要住在一起了。"

　　过了好几秒，她才反应过来——

　　"什……"

　　湛森眼疾手快地捂住姚林林的嘴："你希望全世界都知道吗？"

　　说着，他用眼神示意了一下四周。

　　姚林林顺着湛森的视线看去，才发现宿舍门口聚集了很多人，包括自己的闺密林宝儿，大家都目瞪口呆地看着她和湛森。

　　"那现在怎么办？"她总算服软。

　　"跟我回家。"湛森说着，不由分说地拖着姚林林，也不管女生在身后大呼小叫。

　　楼下已经有车在等着了，湛森拉着姚林林到了车里，才关上车门，那车就风驰电掣地往湛森家开去了。

　　整个都大女生宿舍的女生们全都张大嘴巴看着这一幕，一直到很久之后，才有人战战兢兢地问："刚，刚才……是湛森……把一个女孩子……连人带行李……打包走了吗？"

　　"是。"

　　"那他们……是什么关系……"

　　"未婚夫妻关系。"

"嗷"的一声，女生宿舍众多女孩子捧住胸口晕倒在地！

宿舍楼下，一袭波西米亚长裙的靓丽女孩，眼睁睁看着湛森拖着姚林林的手钻进私家车里，一起离开了这个地方。

4

回去的路上，姚林林才知道，原来爷爷在他们签订协议之后，总是不放心自己，今天摆脱了看护从医院偷跑到湛森家，发现两人竟然没有住在一起，就大发脾气。

"我的天啊！"

姚林林一阵后怕：幸亏爷爷的阿兹海默症时好时坏，要不然忘记湛森家住哪儿，走丢了怎么办？

车很快到了湛森家。这也是她第一次到这里来。湛森家的房子是一幢漂亮的三层别墅，远远地，姚林林就看到爷爷坐在湛森家的大门口。

"爷爷！"姚林林走到爷爷跟前，拉起他的手撒娇，"您怎么来了？"

"哼，我不来？我不来，你们两个的婚事就黄了！"老爷子吹胡子瞪眼的，气得不轻。

"怎么会！"姚林林说着，去拖湛森的手，俏生生地站在爷爷面前，"您看，我们可甜蜜啦！"

湛森站在姚林林身边，大手被姚林林柔软的小手拉着，女生身上若有似无的清香随风飘到鼻尖，男生的脸微微发红，

"是啊，爷爷，我们很好。"湛森轻咳了一声说。

爷爷看了一眼他们握在一起的手，哼哼着说："你们关系好，那为什么

不住在一起？今天要不是我来，林林还没被你们接过来呢！是不是等会儿我一走，你们就又要分开啊？"

"哎呀，爷爷，您真的误会了！"姚林林一着急，蹲下身来抱住爷爷，"我刚刚上大学，要去学校报到嘛！"

爷爷看了他们良久，才长吁了一口气："看来是我多心了……不过我可告诉你们，别以为爷爷人老了好欺负，我以后，可是会经常这样突击检查的，哼！"

"哎呀，不会啦，爷爷……"姚林林赶忙接口，"我和湛森情比金坚、爱比海深，您放心！您还是快回去吧，不然又要被院长大人骂了！"

爷爷住院期间，谁都不怕，就怕自己多年的老友院长大人。院长平时不许爷爷擅自出入医院，可每次爷爷都偷溜出来了，因为爷爷曾经当过兵，侦察技术很厉害，每次不管医院怎么严防死守，都能让他跑了。不过只要一被抓住，爷爷绝对会被念叨个好几天，所以他最怕的就是院长大人了。

果然，他一下子就变成了惊弓之鸟，站起身来催促："快快，快送我去医院！记着，要偷偷地进去，悄悄地出来，知道没？"

姚林林和湛森相视一笑：这一关总算是过去了。

湛森开出自己的车，把爷爷送回医院。也不知道是不是爷爷的偷溜功夫太厉害了还是怎么，他们送爷爷回去的时候，护士还没发现爷爷已经在外面转了一圈。

离开医院的路上，城市霓虹漫天，夏日夜晚独有的晚风吹来。

姚林林坐在车里，犹豫再三，终于开口："湛森，我想……"

"我知道。"女生话还没说完，就被男生打断了。

此时的湛森坐在驾驶座上，正在专心致志地开车。姚林林转头去看，男生的侧脸棱角分明，才刚二十出头，还留有少年的青春气息，但已经隐隐有稳重成熟的男人味。

"爷爷以后会突击检查，而且今天在学校里，大家也都知道了我们的订婚协议，就算是为了爷爷，我们以后也要以情侣的身份公开活动。"湛森一边开着车，一边目不斜视地说道。

姚林林点头："你说的刚好是我心里想的，为了让爷爷安心，假戏做到底，一直到他的病能接受我们不是情侣那天为止。"

姚林林没有看到，自己的未婚夫在她看不到的另一边侧脸上，嘴角微微向上弯起，眼底放出柔和的光芒。

回到家已经很晚了。

姚林林跟着湛森从车库出来，才进门就被湛妈妈拉了过去。湛妈妈长得很好看，岁月没有在她光洁的面容上留下什么痕迹，整个人气质温柔，亲切和蔼。

"林林，你吃饭了没有？"

"谢谢阿姨，我和湛森在外面吃过了。"姚林林受宠若惊，毕竟小时候她只和湛森一起生活了五年，湛父湛母是怎样看自己的，她也并不知道。

"阿姨还给你们两个留了些糕点，等会儿晚上你要是饿了，就自己去拿着吃，知道吗？就当这里跟自己家一样，不要拘谨。你的行李我都已经搬到房间去整理好了。"湛妈妈说到这里，突然抱了一下姚林林，把姚林林吓了一跳，"哎呀，阿姨从很久以前就想有个女儿了，现在你来了，阿姨真是太

第一章　我被订婚了！

01

高兴了！"

"哈哈哈，是啊是啊，家里多个小丫头，多好啊！"湛爸爸也从卧室里走了出来，声如洪钟，双目有神。

"叔叔好。"姚林林乖巧地打招呼。

"哈哈，好好好。"湛爸爸慈爱地看着她，"千万不要客气，你和湛森差不多大，以后就是我们的女儿了，有什么事，叔叔会罩着你的！"

湛爸爸和湛妈妈未免也太热情了……

不过这还不止，正在姚林林要说什么的时候，湛妈妈突然拉着她往楼上跑，一直到二楼中间的房间，推开门——

"蕾丝！"姚林林惊呼一声，那模样跟看见了鬼没什么区别！

然而湛妈妈却丝毫没有察觉到她的不适，喜滋滋地拉着她进了房间："这个房间是阿姨特意为你布置的。你不知道阿姨有多喜欢这些蕾丝、洋娃娃还有蝴蝶结，现在你来了，这些都可以派上用场了！哎呀，你就是上天派给我的小天使！"

姚林林内心是崩溃的。天知道，她只是长得比较娇小罢了，实际一点也不喜欢这些粉色的累赘啊！

"阿姨……"姚林林嘴角抽搐，"这些蕾丝……"

"你看！"湛妈妈不等姚林林说完，突然从衣柜里拿出一条雪白的裙子，"这是我特意为你定做的连衣裙！这样你明天跟湛森去上学的时候就可以穿啦！"

"阿姨！"姚林林被连衣裙刺激到了。

居然还有绸缎蝴蝶结！胸口一个，后腰一个！这好是好看，但就像美少女战士一样啊！

湛妈妈被这突如其来的一声吼震呆了，拿着衣服愣愣地看着姚林林："怎么了？你不喜欢吗？"

她咽下一口血："不是……我很喜欢。"

姚林林深吸一口气，收起衣服把湛妈妈推出房间："阿姨，您先出去，我洗漱休息一下。不用担心我！真的！"

好不容易把湛妈妈送出去，她这才坐下。这一整天担惊受怕，还好她有一颗坚强的心脏，否则只怕早就刺激得出心脏病了。

姚林林看着这满房间的蕾丝和粉红色蝴蝶结，不由得再次捂住胸口……

好压抑、好暴躁、好想怒吼啊！

5

洗完澡，姚林林往身上套了个浴袍，就一边哼着歌一边擦着头发出来了，结果下一秒，就看到手里拿着粉红色睡衣的湛森站在对面。

他白皙的面庞微微泛红，移开视线："你的睡衣……"

"啊，知道了，放那儿吧。"姚林林旁若无人地转过身，对着镜子继续擦着头发。

"姚林林。"背后忽然传来湛森咬牙切齿的声音。

"啊？"她回过头，一脸不解。

湛森红着脸看她："你就一点都不觉得不好意思吗？我毕竟是个男的，你现在……"

姚林林一脸无所谓："有什么不好意思的？我不是穿了浴袍吗？再说

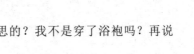

025

了，咱俩就是身体构造不一样罢了，你放心，骨子里我和你是一样的，纯爷们儿。"

姚林林说着，还一脚跨在梳妆凳上，冲着湛森做了个捶胸口的姿势。

湛森此时竟一句话也说不出来。

临到出门的时候，湛森忍不住说了句："姚林林，你最好是去做个性别鉴定。"

这嫌弃的口吻是怎么回事？姚林林跟湛森重逢的第二次，就发现了和他相处时致命的雷区——那就是，他时时刻刻都在嫌弃自己！

她到底差在哪里了？至于每次都用那种语气跟自己说话吗？

好在姚林林是个脾气来得快去得也快的人。躺在床上刷着微博，生了一会儿闷气之后，她换上睡衣正准备睡觉，门外却响起了敲门声。

姚林林打开房门，见湛妈妈手里抱着两本厚厚的相册，一脸抱歉地看着自己。

"不好意思啊，林林，这么晚了还来打扰你。湛森爸爸睡着了，今天因为你来，我就拿着阿森小时候的相片看，现在很想跟谁说说话……你不会介意吧？"

姚林林赶忙说："不介意不介意，阿姨您快进来吧。"

湛妈妈进了姚林林的房间，兴致勃勃地和她一起翻看起湛森小时候拍的照片。

"我和你湛叔叔，那时候都太忙了……"湛妈妈一边看，一边轻声说，"要不是你爷爷帮忙，我们真是不知道怎么办才好。其实小时候，我们把湛森从你爷爷那儿接回来，他在车上也哭了一场。回来后，也有一个月的时间很少说话，眼睛就是直勾勾地盯着窗外。还好后来你姚爷爷把他在你们那里这几年的照片给寄过来了，湛森看着这些照片，才总算笑出来。"

姚林林听着湛妈妈说这些，眼前不由得浮现出小时候她和湛森一起玩耍的情景。小时候的湛森根本就没有现在这么讨厌，虽然比自己大两岁，但文静得跟个小姑娘似的，被人欺负了也不吭声，所以就只好她出马，去教训那些不知好歹的人了。

眼前的相册翻着翻着，一张小湛森手上拿着香肠被狗追得哇哇大哭的照片映入眼帘，姚林林顿时指着那张照片大笑起来！

"这不是我整湛森的照片吗？哈哈哈，阿姨，您不拿这个出来我都差点忘了！"

"哦？是吗？"没想到湛妈妈听到姚林林的话，不但不生气，反而饶有兴致，"还有什么？小时候这孩子和我们都不亲，快多说点听听！"

姚林林一听湛妈妈这么说，顿时来了精神，把小时候那些自己做过的缺德事一件不落地讲了出来。

"湛森，不要动哦，不然我就告诉爷爷，昨天晚上是你偷吃的爷爷的蛋糕。"小小的姚林林一边说着，一边用彩色笔画了他满身。

最后，年仅六岁的湛森因为彩色笔洗不掉而在浴室里哇哇大哭。

还有七岁时，姚林林因为太喜欢下雨的时候雨滴落在伞面的声音，所以拉着湛森在刚刚收雨的院子里打伞摇树玩，姚林林撑着伞站在树下，湛森负责摇树。

姚林林看到树的附近有个泥坑，就坏笑着让湛森往旁边站站，结果他掉进了泥坑里，姚林林站在一旁指着他哈哈大笑。

01

第一章 我被订婚了！

后来湛森回去以后，整整生了一个星期的气呢！

"没办法啊，谁叫小时候的湛森那么胆小，又容易害羞，不捉弄他一下，我还以为自己身边跟着的是个小姐姐呢。"

静谧的夜晚，温馨的房间里，姚林林和湛妈妈一边翻着相册一边窃窃私语，不时还爆发出欢快的笑声。

然而这笑声，传入站在姚林林房门外的湛森耳内，却格外刺耳和挠心。

他原本是来告诉姚林林，换了新地址，去学校的路线也就变了，她一个马大哈，肯定不会提前准备路线……然而现在看来，好像没有这个必要了。

湛森默默地等到妈妈下了楼，才施施然进入姚林林的房间。

"你怎么来了？"姚林林看到他时，脸上的笑容还没收回来。

"我刚刚听到你和我妈的聊天了……"湛森微微一笑，突然朝姚林林低声说，"你知道这个房间，以前是谁住的吗？"

姚林林莫名其妙："谁住的？"

"是我已经去世的奶奶住的……"男生冲她微微一笑。

周围的人家都睡了，也就显出夜的寂静来。

湛森俯下身来，盯着她的眼睛："你相信世界上有鬼吗？"

"什……什么意思？"姚林林吞了吞口水。

是房间里空调温度太低了吗？怎么她感觉后背发凉？

"奶奶……"湛森的嘴巴都快亲到她耳朵了，"还在这个房间里。"

"呜哇！"姚林林吓得一把推开湛森，以最快的速度缩到墙角，用被子包裹住自己，"你少吓人了！"

她天不怕地不怕，就是怕鬼啊！

"你不信也没关系……"湛森直起身来，淡淡地说，"不过我可告诉你，以前我睡这个房间的时候，可是看到过……"

姚林林焦急地接话："看到什么？"

"睡觉时有一个黑影蹲在我身边。"湛森的眼睛一眨不眨地盯着姚林林，白皙的脸上没有表情。

房间里安静了几秒，紧接着，她愤怒地抱住了枕头："出去！你给我出去！湛森你这个讨厌鬼！"

知道自己的目的达到了，湛森微微一笑，转身出去了。

直到夜深人静，湛家的其他人都睡着了，姚林林还被湛森说的鬼故事吓得瑟瑟发抖。她拿出遥控器关掉空调，又用被子包住自己，拿起手机来正准备看点什么转移注意力，就发现湛森给自己发来了条微信——

"你看过《咒怨》吗？鬼会从被子里钻出来，现在千万不要往被子里面看哦。"

姚林林吓得一个激灵，立马从床上跳起来。

"湛森！你大爷的！"

实在没有办法，姚林林现在看这个房间都一副鬼气森森的样子，她眼睛一闭，抱着被子打开了门——今晚坚决不能睡在这里了。

一个房间一个房间地摸索，她终于在靠窗的最右边找到一间没有锁门的屋子，打开房门，借着月光姚林林看到房间里窗明几净，干净整洁。

"看来这就是客房了。"

姚林林放下心，倦意很快就袭来。她摸黑到了床边，一个仰躺到了床上，正要拉扯被子盖着自己的时候，突然感觉身后像是有什么东西在动。

　　姚林林转过身去，就看到黑暗里一双熠熠生辉的眸子，正眨也不眨地看着自己。

　　"哇啊啊啊！"

　　她快吓死了。

　　湛森"啪"地打开灯："姚林林，你鬼吼鬼叫些什么！"。

　　姚林林眼前一黑。

　　原来她摸黑进的，居然是湛森的房间！还和这个名义上的未婚夫，睡在了一起！

THE
LITTLE

SWEET
WEDDING
/

第二章

02

▶ "命运共同体"协议达成

1

第二天，姚林林特意等到湛家的人全部都走光了，才抱着包包从房间里出来。

她实在没法面对湛森。

自从昨天晚上发现自己竟然爬到了他的床上之后，她就吓得跳起来，连滚带爬地逃离了现场。

那狼狈的样子被他看到，她没脸见人了……

今天是正式开始上课的第一天，姚林林打开手机，就能看到学校的官方微博上置顶的"都大男神湛森突现神秘未婚妻"话题，不知道谁那么多事，居然还把她的照片贴了上去，看得她脸上青一阵红一阵，懊恼不已。

到了学校，姚林林像小偷一样左右徘徊，才刚刚提心吊胆地踏进校门，就听到一个声音亢奋地大喊起来——

"姚林林！姚林林！这里啊，姚林林！"

她循声望去，只见几个学生目露精光地看着自己，他们全都举着手机对准自己，棒球帽上印着"都大周刊"的字样。

姚林林顿时醍醐灌顶……这几个是学校八卦周刊的人！

说起来，如今的八卦周刊也与时俱进，其实并不是什么杂志，而是一个臭名昭著、专门挖学生隐私和八卦的微信公众号，在姚林林来都大之前，她早就调查清楚了。

此时不跑，更待何时！

她头也不回地跑了，身后的那两个人也跟着跑了起来，一边跑还一边喊："站住！姚林林！站住！"

"要不要这么拼命啊！你们只不过是弄点八卦，又不赚钱，为什么这么敬业啊？"姚林林大声叫着，实在是想不通就因为一个湛森，自己就要在开学的第一天遭到这样围追堵截的待遇。

"因为我们的八卦魂！学妹你放心，我们只是采访你一下罢了，真的没有别的意思！"身后传来对方充满热情的声音。

姚林林毫不犹豫地拒绝："不好意思，我不相信你们！"

姚林林就这样一边跑，一边和校园周刊的人隔空喊话，眼看着对方离自己越来越近，见前面有个小树林，她一闪身跑了进去。

小树林像是天然的迷宫，她自己也不知道拐了几个弯，跑到没力气的时候，才发现后面的人不知道什么时候已经被甩掉了。

太好了！

她还没高兴多久，就听到不远处传来嘈杂声，姚林林循着声音走过去，居然看到一群人在吵架！

原来不知不觉，她已经走出了都大的后门。

好几个中年男人把一个年轻男生围在中间，嘴里还骂骂咧咧的，不知道是谁推了一把，男生瞬间被推到了地上。

眼看着他们骂骂咧咧地还要上前去打人，姚林林急中生智，站在远处大喊起来："警察来了！报警了！"

一听姚林林的声音，也不管是不是真的，这帮人顿时作鸟兽散，一下子，就只剩下了地上那个挨揍的男生。

现在正是上午时分，学院的后街很偏静，成排的水杉分列在街道两旁，树木高大而树叶繁茂。

在这片刻宁静的空气里，蜷缩成一团的男生抬起头，就看到少女笑着朝自己走来——干练的马尾，小鹿一样清澈透明的眼睛，一袭纯白连衣裙，充满了朝气与活力。

太阳光明晃晃的，十分刺眼，男生微微眯着眼睛，像是看到了天使从天而降。

"喂，你怎么样？站得起来吗？"姚林林伸出手在他面前晃了晃，自言自语，"难道是被打傻了？"

"啊……啊？"他这才回过神，赶忙站起身来，"我，我没事！谢谢你帮我解围！"

姚林林被男生傻里傻气的样子逗笑了："你的额头都流血了，还说没事？刚好我包里带了药，你等一下。"说着，她就从包里拿出消毒喷雾和纸巾来。她的个性太好动了，比较容易受伤，所以包里随时都会带着这些简易的药物。姚林林踮起脚尖，认真仔细地帮男生把额头的伤口清理干净。

夏日微风穿梭在后街，女生身上好闻的淡淡清香随风滑入男生的鼻尖，看着她那认真温柔的样子，就连男生自己都没有发觉，他的脸已经红了。

"对了，你叫什么名字？也是这个学校的吗？"男生主动攀谈。

"我叫姚林林，都大园林设计系，今年的新生。"

"真的吗？"男生顿时激动起来，抓住姚林林的手，"我也是园林设计系的，我叫季哲宇，在一班。"

"我也在一班！"姚林林顿时也跟着高兴起来，"我们是同班同学！"

"是吗？"季哲宇兴奋极了，"真是太巧了！"

帮季哲宇清理好伤口之后，姚林林这才认真打量面前这个挨揍的男生。要是忽略掉他脸上那些青紫的地方，他是个长相很帅气的男孩子。跟湛森的清冷孤傲不同，这个男生更像是一团火，他很张扬地穿着大牌牛仔服，栗色的凌乱却帅气的发型，闪亮的耳钉，整个人都很高调。

"话说回来，你怎么会被人打啊？"姚林林一边观察季哲宇一边问道。

季哲宇冷哼一声，说："不过是停车在后街，占了他们摆摊的位置，他们就出来打我。"他不想在这个话题上多做停留，拉着姚林林开心地说，"我开车来了，咱们从这里到教学楼还有一段距离，你就坐我的车，我开车送你去。"

啊？自己刚刚才从前门跑过来啊，从后门到教学楼，能有多远？

"不好吧……"她下意识地拒绝，"就几步路，没关系的。"

"没事的，就当是答谢你救了我。"

还没来得及反应，姚林林就被拖到了一辆造型夸张的宝蓝色跑车前。

02

第二章

「命运共同体」协议达成

他打开车门，不由分说地把姚林林塞到了座位上，还帮她系好安全带。

"放心吧，我的车技一流！"男生帅气地冲她笑笑。

姚林林骑虎难下，只好任由季哲宇发动引擎，名牌跑车很快便疾驰在了校园车道上。

"嗡嗡"的巨大引擎声，瞬间便吸引了校园内众多学生的注意，有人认出了姚林林，朝她指指点点。

姚林林一脸吃不消……她实在不喜欢这样出风头，季哲宇却明显乐在其中，看样子，他就是一个喜欢活在别人目光中心的人。

强劲的风从敞篷外吹进来，她的脸都快被吹肿了，可这个时候，眼前的马路边上突然出现了一个熟悉的身影。

白T恤，黑长裤，一个人在路上走也能走出冷冰冰的气势。

不是湛森还是谁？

姚林林还来不及喊他，季哲宇风驰电掣的跑车就"咻"的一声从湛森身边经过，顺带溅起了都大男神身边水坑里的小水花……溅了男神一头一身！

姚林林："我的天！"

2

"停车。"姚林林面无表情地说。

"什么？"季哲宇还没反应过来。

"我说停车！"她大吼一声。

她可是亲眼看见，湛森在被水溅到的一瞬间就转过身来，目光如炬地盯住了坐在副驾驶座上的自己。

跑车猛地停住，季哲宇一脸惊恐："林林，你怎么了？"

姚林林完全来不及跟他解释，打开车门就朝湛森跑过去。那可是个记仇又小心眼的家伙，昨天晚上自己只不过是说说小时候的事罢了，他就可以编出个鬼故事吓得她夜不能寐，今天自己要是眼睁睁看着他被溅一身水还不下车，那就可以等死了！

她是个性耿直又不是傻，像湛森那样弯弯绕绕的狠角色，她是能不惹就不惹，能不起冲突就不起冲突的。

"那个……"姚林林几步跑到湛森面前。

他此时正因为这飞来横祸而阴沉着脸，看她的眼神就跟看阴沟里的臭鱼似的。

"对不起，我不知道你会在这里。你的衣服脏了吧？我给你洗，呵呵……呵呵。"她嘴角抽搐地讨好着湛森。

"姚林林……"似乎从遇到姚林林开始，湛森和她说话的语气就是这样，咬着牙，像遇到了仇人，"你怎么会在这里？"

"啊？"姚林林愣了愣，"啊，你是说季哲宇吗？他只不过是我同学啦，我刚才……"

"你在都大，坐在一个男生的跑车里，从我面前开过去……姚林林，你是不是忘记了什么？"湛森看着她的眼神冰冷、没有情绪，一瞬间，她感觉自己好像做了什么罪大恶极的事。

"什么？"

湛森忍无可忍地翻了个白眼："订婚协议。"

"所以呢？"

"他是谁？"

"季哲宇啊……"姚林林一脸看智障的表情，"我刚才不是跟你说了吗？他是我的同班同学，因为刚才遇到了一点事，我就坐了他的车……哎呀，你是不是还气他溅了你一身水？你别在意啦，他不是故意的，我都跟你道歉了……"

"我不接受。"

"啊？"她瞪大眼睛。

"我不接受。"湛森闭了闭眼睛，重复道。

这就很不可理喻了……

姚林林深吸一口气，正准备重新解释，一个愤怒的男声突然传来。

"你凭什么不接受？林林都已经跟你道歉了，你还想怎么样？大不了我陪你一套衣服，行吗？"季哲宇挡在她面前，漂亮的眼睛瞪着湛森，一副你奈我何的模样。

湛森直接无视他："这就是你的同学？"

"啊……"姚林林一时间也有些不好意思，季哲宇这种老子有钱、老子最大的作风，还真是让人吃不消。

"喂，你什么意思啊？我在跟你说话呢！弄脏你衣服的人是我，有什么冲我来！"季哲宇一脸不服地冲湛森吼。

他们这边的动静已经引起了周围同学的围观，很多人在旁边指指点点：

"这不是姚林林吗？还有湛森……这是什么情况啊？姚林林不是和湛森订婚了吗？"

"是啊，昨天都看到姚林林搬到湛森家了……那个男的怎么回事？第三者吗？"

"哎哟，今年开学八卦这么劲爆啊，我得发帖！"

……

周围人的议论声越来越大，季哲宇越听，脸色越不对劲，终于，他看了看身后的姚林林，又看了看湛森，问："喂，你们什么关系？"

"她是我未婚妻。"湛森面无表情地甩下这句话，便拉着姚林林走了，剩下石化的季哲宇和瞬间沸腾的围观群众。

"哇！好甜蜜啊！"

"猝不及防地宣誓主权啊！"

虽说湛森没有寄宿，但作为名牌学府最优秀的学生，他也拥有自己研究课题时可以休憩的特殊单人宿舍。这片区域并没有宿管阿姨的约束，姚林林一时没有反应过来，就被带了进来。

一进门，湛森就去卫生间换衣服了。姚林林站在外面大声说："其实你根本没必要那么高调地跟别人说我是你的未婚妻啊！订婚协议是假的，只要别人误会以后，我们不去解释就好了，这样说出来会惹麻烦吧？"

湛森换好衣服从卫生间里出来，已经是一身卡其色居家服的装扮，和平时深沉稳重的气质不太一样，显得温暖而清新。

02

第二章 『命运共同体』协议达成

"我们昨天定下协议，那从此以后就是命运共同体，我不希望因为你而闹出什么流言。"

姚林林的火气"噌"地一下就上来了："你什么意思啊！我还觉得麻烦呢！本来我今天可以跟我的朋友一起开开心心的去上学，可以住在宿舍，想睡到什么时候就睡到什么时候，现在呢？因为要和你订婚，我就得搬去你家里住！那么远的公交车线路，你知不知道每天我要起多早？你的良心就不会痛吗？"

"你说的这麻烦，难道我就没有经历吗？我也要住家里每天来回跑。"湛森丝毫没有被姚林林惹怒，没有情绪起伏地说，"不要总是觉得自己很委屈，跟你订婚，也不是我自愿的。"

"你！"她气得说不出话来，一步往前跨去，却踩上了随意放在地上的滑板。

姚林林一个重心不稳，眼看着就要摔倒，湛森赶忙俯下身，用力揽过她的腰肢……不经意间，他的唇吻上了姚林林的脸颊。

窗外阳光正好，鸟鸣虫唱，世界在这一刻就像是静止了一样。姚林林瞪大眼睛，双手扒在湛森的肩膀上。湛森搂着姚林林的腰，自己也一脸发懵地呆立当场。姚林林好像闻到了湛森身上清爽的香皂味道，女生细碎的头发飘拂在湛森的耳边，带起了酥酥麻麻的感觉。

就算嘴唇在慌乱中分开，但两个人就这样定在了原地，远远看去，真是一对浓情蜜意的恩爱情侣……

3

一声轻轻地咳嗽，就像耳边响起的炸雷一般，房间里的两位主人公顿时回到现实世界。

"啊！"姚林林第一个反应过来。她捂住自己的脸朝门口看去，只见一个漂亮女生巧笑倩兮地站在那里，长长的直发披散下来，文艺复古风的长裙及至脚踝，完全的女神范儿。

女生带着歉意地说："真的不好意思，我是来找湛森有点事情，看门开着我就……"

"那个……温菡，你是温菡吗？"姚林林瞪大了眼睛，变得有些语无伦次起来，"不好意思！你千万不要误会，刚才我和湛森……那个，我们不是故意的！"

她昨晚闲着无聊，把都大的校园贴吧都看了一遍，知道湛森在校内有个绯闻女友叫温菡，是公认的女神，照片上就是女生这个样子。

本着世界和平的心愿，姚林林一个箭步冲到温菡面前："刚刚我只是快摔到了，湛森帮我站起来而已，真的，我们只是……"

温菡微笑着点点头，月牙般的眼睛像是会说话一样，水盈盈地看着她。

"姚林林……"湛森低沉的声音响起，他恢复了之前冰冷的表情，命令般地说，"别说了。"

"可是……"姚林林满是不解，"这不是温菡？她不是你的……"

"出去。"男生突然打断了她。

"啊？"

02

第二章

「命运共同体」协议达成

"我说，现在已经快十点了，你不上课了吗？"

不说还好，一说姚林林才想起来，自己来大学的第一堂课马上要开始了，她尖叫一声，招呼也没打，一阵风似的跑了。

湛森站在宿舍中央，嘴唇上似乎还残留着姚林林嫩滑脸颊的柔软触觉，胸腔里的那颗心好像还在因为刚才那个不经意的吻而微微发烫，他不知道自己刚才红了的耳根是不是已经热潮消散了，总之，他看着姚林林离开的方向，久久没有回过神来。

离上课时间还有一分钟，姚林林气喘吁吁地跑进了教学楼。

"林林！这里这里！"才刚进教室，季哲宇就一脸兴奋地站起身来，冲她开心地招手，"我都给你占好座位了。"

"谢谢！"她心头涌起一阵暖意，径直走了过去。

"季哲宇，这么快就认识了新朋友啊？你好厉害哦！"

姚林林正准备坐下，一个怯生生的女声从旁边响起，她这才发现季哲宇身边还坐着一个女孩子。这女孩虽然说不上很漂亮，却有种邻家女孩的可爱灵秀，见她朝自己看过来，女孩朝她柔弱地笑了笑。

"啊……"季哲宇似乎不太喜欢自己的话题被打断，微微皱了皱眉，冲姚林林抱歉道，"这是夕柚米，我朋友。"

姚林林冲夕柚米笑了笑，打了个招呼。

"这是林林，就是我说的那个早上救了我的女生。"季哲宇言简意赅地跟夕柚米介绍完就坐下了，不太愿意说更多。

看着夕柚米一脸委屈的表情，姚林林赶紧在他们俩中间坐了下来，她抓住夕柚米的手臂，露出一个大大的笑脸："很高兴认识你啊，夕柚米。哇，你的名字好特别啊，像是……像夏天的冷饮，一听就感觉凉爽！"

夕柚米一下子就被姚林林给逗笑了。

"哎呀，林林，你别管她了。"季哲宇拉过姚林林，热情地说，"林林，你流汗了，我帮你擦。"说着，他就要从课桌里抽出纸巾来帮姚林林擦汗，被她赶紧拦下了。

"不用了，多出点汗对身体好。对了，你知道教我们的老师是谁吗？"

"不就是咱们系的林教授，老头子一个，不过人可好了，你以后要是想逃课，建议你逃他的，他很好说话的……"

"是吗？那……"

夕柚米坐在姚林林旁边，看着季哲宇和才认识不到一天的姚林林聊得火热，可爱的脸上闪过一丝失望。她低下头去，没有再说话了。

跟姚林林一样，她才不是季哲宇的什么朋友，而是已经举办过酒宴和仪式的季哲宇的……未婚妻。

到了午休时分，大家的肚子早就饿了，一行人说说笑笑地往校园餐厅而去，可是才刚走到半路上，就被一声清丽的大吼震住！

"姚林林！"

一个身穿华丽女仆装的少女拦在他们面前，不仔细看，还真以为是从漫画里蹦出来的人呢！

"宝儿！"姚林林一见她就扶住脑袋装头晕，"啊！我头好晕啊，我会

不会中暑了……"

"少装了！"少女一把搂过她的脖子，在夕柚米和季哲宇诧异的目光中，把姚林林往路边的小树林里拖，而姚林林一边吐舌头一边张牙舞爪地挣扎着。

"宝儿，宝儿！你听我说，我可以解释……"

林宝儿把她拖到树林里偏僻的地方，一脸控诉地说："说！咱俩还是不是闺密！"

"当然是啊！"姚林林脸都被箍红了。

"那你订婚了，为什么我是最后一个知道的？你说！居然没经过我的同意就跟人家同居了，姚林林，我很生气！非常生气！极度生气！"

林宝儿紧紧地握着拳头，在没人的树林里喊得震天响，吓得姚林林咽了一口唾沫。

"你听我说，宝儿，事情不是你想的那样！我也没办法，我发誓，我对你的心，日月可昭，天地可鉴……"

林宝儿是她从中学起就很好的闺密，这次大学考进了同一个系，她们说好要住同一间宿舍的，可是现在……

林宝儿斜睨着她："少给我说那些没用的，赶快老实交代，那个男生到底是谁？"

姚林林没办法，只好老实交代："是我名义上的未婚夫。"

她把自己怎样和湛森签下假的订婚协议，怎样被迫和那个千年冰山住在同一个屋檐下，都一五一十地说了出来。

"所以说……"林宝儿拳头抵住下巴，沉吟道，"你和湛森，其实并不是真的未婚夫妻，而是为了哄你爷爷才临时扮演关系？"

虽然不明白什么叫临时扮演，但姚林林还是点了点头。

"反正你不要当真啦，他不是真的我的未婚夫，你这个闺密委员会会长，以后还是可以发挥作用的。"她拍了拍林宝儿的肩膀，安慰道。

"哼，那是当然，你的老公可是要经过我林宝儿亲自认证的，只有经过了我的层层考验，他才有资格站在你的身边，懂吗？"

"是啦是啦，女王大人！"姚林林忍不住笑了。

说起来，自从小时候湛森离开她，她就孤单了一段时间，后来去了新的学校认识了林宝儿。这个无时无刻都活在幻想中的少女是个狂热漫画爱好者，活泼又热情，她们相依相伴了很多年，在姚林林心里，林宝儿已经是她的亲人了。

两人正在打打闹闹，突然一声惊呼传来。

"谁？"林宝儿最先反应过来。

姚林林也有些惊讶，她们循声望去，就看到了躲藏在不远处大树后的夕柚米。

"夕柚米，你怎么在这里？"姚林林朝夕柚米走过去。

"那个，季哲宇不放心你，要我过来看一下，我就……"夕柚米一脸窘迫，小声说道。

"我们刚才说的话你都听见了吗？"林宝儿犀利地问道。

夕柚米露出害怕的表情，连忙摆手："我不是故意的，你们放心，我绝

对不会说出去的！"她还怕姚林林她们不信似的，开始发起誓来。

"谁要你发誓了，哎呀，没关系的……"姚林林吓了一跳，赶紧把她的手拿下来。

林宝儿却插话："你确实不应该说出去，就当这是我们三个人的秘密好了。万一我们谁走漏了风声让林林爷爷知道了，就不好了。"

姚林林感激地看着林宝儿："宝儿……"

"好啦，感动的话就送我《冰上荣光》的原版CD。"

"喂！你知不知道原版CD有多贵？而且这年代，谁还听CD啊！"

"可以啊，你不同意，我就告诉湛森，说你暗恋他、喜欢他，恨不得现在就跟他结婚，我看你尴尬不尴尬！"

"臭丫头，三天不打，上房揭瓦！"

顿时，两个女孩子嬉闹成一团。

"好羡慕呀……"突然，一个轻柔的声音响起。

姚林林和林宝儿停止打闹，转头去看身边的夕柚米。

夕柚米用羡慕的眼神看着她们："你们是很好的朋友吧？我也好想有你们这样的朋友啊……"

"这有什么，从今天开始，你就是我和宝儿的朋友啦！"姚林林大手一挥，抱住夕柚米，豪爽地说。

"啊？"夕柚米一脸的受宠若惊。

"有什么好惊讶的！放心啦，我和林林都不是什么好人，绝对会把你带坏的！"林宝儿一本正经地说。

"你们可真有趣。"夕柚米细声细气地笑了笑，"能跟你们做朋友，我真是太高兴了。"

4

三个女生手拉着手出了小树林，等在外面的季哲宇一脸不可思议——才一会儿工夫，这几个人关系就这么好了？

"季哲宇是吧？听说你要请姚林林吃饭？"林宝儿拉着姚林林和夕柚米径直走到季哲宇面前，"那顺便，我的那一份也麻烦你了。"

"啊……"季哲宇一脸呆滞。

"别发呆啊，走啦走啦。"林宝儿拍了拍季哲宇的肩膀，四个人浩浩荡荡地走到了校园餐厅。

林宝儿一副大姐大的样子："想吃什么尽管点，不要不好意思。"

季哲宇无语了。请客的不是他吗？

都大这样的学校，食堂也有几个等级，次一点的，刷卡吃饭，稍微高级一点的，像他们去的校园餐厅是小二层的复古建筑，四处弥漫着书香、花香，还有烘焙咖啡香味。学生们请客庆祝时都会来这里吃饭，没课的时候，在这里点一杯咖啡消磨时光也是首选。

所以，当姚林林看到湛森和温菡坐在一起吃饭时，忽然生出他们在约会的想法，也不足为奇。

不过，她和季哲宇，湛森和温菡，四个人一起出现在餐厅里，问题就很大了，因为早上的"跑车事件"，他们一下子就引起了许多人的讨论。

"这不是湛森的未婚妻吗？她旁边站着的那个男生是谁？"

"好像是早上开跑车带姚林林的男生，大一的新生。"

"这下可有好戏看了，未婚夫和未婚妻各自都有绯闻对象，看来事情不简单。"

……

湛森也看到了姚林林，他冷冰冰地看了季哲宇一眼，然后又低下头去吃饭了。

姚林林倒没觉得什么，人家在约会，她还是不要去打扰了吧。

一边的季哲宇看看湛森，又看看姚林林，还以为她伤心了，赶紧安慰："天涯何处无芳草，林林，别伤心，你现在认清他的真面目，也好过以后结婚了知道他是这种人。"

姚林林拿着菜单没有说话。

"你放心，林林，在这个世界上还有很多人能认识到你的美和好，像那种虚有其表的花瓶男，怎么能配得上你！"

"喂，我说你……"林宝儿坐在姚林林对面，斜睨着季哲宇，"演戏能演全一点吗？你嘴角都快咧到耳后根了！咱们家林林被湛森出轨，你这么高兴做什么？"

"啊？"季哲宇一惊，摸了摸自己的脸，"我笑了吗？"

他看着夕柚米问："我刚才笑了？"

夕柚米点点头："从你进来看到湛森和温菡坐在一起，你脸上的笑就没断过。"

季哲宇一乐："没错，我就是很高兴。"

"喂，你们怎么了？点菜啊！我都看好了，我要吃剁椒鱼头、铁板牛肉、红烧猪蹄和糖醋排骨！"姚林林从菜单中抬起头来，一脸馋相地瞥邻桌，"看上去好好吃啊！"

季哲宇无语，敢情她刚刚一直在想吃什么，自己说了什么根本没听见。

林宝儿一脸看好戏的表情："季哲宇以为你看到温菡和湛森在一起，很伤心。"

"啊？我？"姚林林一脸震惊，冲季哲宇疯狂摆手，"没事没事，我不会伤心的。你别被他那句未婚妻吓到了，我们感情没那么深的。"

"林林，我知道你有苦衷……"

季哲宇一听姚林林这么说，脸上露出更加心疼的表情，正打算好好安慰安慰她，却被夕柚米给打断了："林林都点菜了，我们也点吧！"说着，她把菜单塞到季哲宇手里，讨好地看着他，"点菜，林林饿了。"

季哲宇一听姚林林饿了，马上殷勤地点起菜来。

菜很快就上来了。

席间，季哲宇一下找夹子帮姚林林把掉落的刘海儿夹好，一下又帮她倒水，看姚林林吃得鼻尖冒汗，又拿纸去帮她擦……那宠爱的眼神看得夕柚米差点把筷子掐断。

"喂，我说你……"林宝儿终于忍不住了，嘴里叼着筷子不耐烦地说，"季哲宇，你是不是喜欢我家林林？"

顿时，整个餐桌上的气氛一沉。

一直埋头苦吃的姚林林抬起头来："宝儿你说什么呢？我和季哲宇才刚认识……"

她的话还没说完，就被打断了。

"是。"季哲宇看着林宝儿，眼神坚毅。

"啊？"姚林林筷子都吓掉了。

夕柚米放在桌下的手渐渐握成拳头。

"虽然我刚刚认识你……"季哲宇转过头，帅气的脸庞上透着认真，"可早上我被那群人围殴，你那么勇敢地站出来帮我解围，后来又温柔地帮我处理伤口……我发现，我对你一见钟情了。没错，我喜欢你。"

姚林林憋了半天："不如你再考虑考虑？你这样我有点害怕。"

"我不会在乎你和湛森订婚了，你一定有自己的苦衷，我能看出来你不爱他。我以后也会和夕柚米订婚，但我们之间只是朋友，根本连爱情都没有，所以我能理解你。"

林宝儿和姚林林猛然听到这个炸弹般的消息，视线顿时都汇聚在了夕柚米身上。

夕柚米猛地一呆，轻声说："是……是啊，虽然还没有举办仪式，但我和哲宇……以后会订婚。"

"但我们真的只是朋友关系，我是绝对不会喜欢上夕柚米的。"季哲宇加上一句。

目光黯淡的夕柚米尴尬地捋捋头发："嗯，是啊，我们是朋友。"

"这样啊……"姚林林了然地点点头，"不过季哲宇，我不喜欢你啊，我也只是把你当朋友。"

"有什么关系嘛！喜欢你是我自己的事啊，你喜不喜欢我，都没关系的！我说出来就行了，你别在意。"哪知道，季哲宇完全无所谓。

姚林林和林宝儿都一脸尴尬，唯有夕柚米低下头，看不清表情。

5

虽然意外地被告白了，但姚林林并没有和季哲宇疏远，反而因为他的直白而关系更好了。

放学后季哲宇约她去家里玩，可姚林林早就答应了去林宝儿的宿舍——林宝儿站在教室门口用抹脖子的动作证明，她敢放鸽子就一定小命不保。

两个女生一路上追追打打的，不多时就到了女生宿舍楼下。经过宿舍楼边的凉亭时，姚林林看到两个眼熟的身影，居然是夕柚米和温菡在聊天。

"咦？夕柚米认识温菡吗？"身边的林宝儿也看到了夕柚米，说着就想要上前，被姚林林拦了下来。

"人家在谈事情呢，我们先上去吧。"

"真奇怪，白天还说羡慕有我们这样的朋友，现在却和温菡在一起……和温菡比起来，我们只是路人吧？有这么优秀的朋友还羡慕我们……"

"哎呀，走啦走啦！你不是说要炫耀你的宿舍有多可爱吗？我都等不及要看了。"

"对啊，我都忘了这个了，走走走，快去宿舍。"林宝儿拉着姚林林径直上楼。

02

第二章

『命运共同体』协议达成

打开宿舍门，姚林林就被漂亮的房间惊呆了——全套米白色家具，高级苹果电脑，这哪里还是学生宿舍呀，简直就是富有现代气息的高级公寓嘛！

"宝儿，这些……"姚林林看着两张单人床上可爱的粉色床单，突然变出来的立式衣柜、豪华的地毯和方便的书桌，惊讶得嘴巴都合不拢，"全是你买的？"

昨天这房间还空荡荡的，只有床和椅子呢！

"是啊，我跟老师说了，以后我离开学校的时候，把这些家具和电脑都捐给学校！"林宝儿张开双臂往床上一躺，得意地说。

姚林林无语。

这事也就林宝儿这种小公主才干得出来……她家境很好，平时对生活品质的要求很高。从小，林家父母就对女儿有求必应，不过林宝儿从小到大一直非常优秀，虽然对动漫的爱好非常狂热，但性格善良开朗，学习也很好。

"但是你这么做，你的室友同意吗？"姚林林有点担心地看向了另外一张床。

"你不说我还忘了！正巧，我的室友就是夕柚米！放心吧，我问过她，她也同意啦。"

两人正说着话，门从外面被人打开，夕柚米回来了。

"咦？林林？你来啦！"

"夕柚米……"林宝儿过去搂住她的肩膀，"我们刚才在楼下看到你和温菡说话了。你不是没什么朋友吗？怎么和温菡那么熟？"

"温菡？"夕柚米被林宝儿这么一问，脸上闪过一丝紧张，"你们误会啦，她是我来学校报到时认识的学姐，刚才她来问我一点事情，我就和她聊了聊。"

"好啦好啦……"林宝儿松开手，打了个哈欠，"那么紧张干什么，我就是问问。毕竟温菡可是咱们学校的校花，你要是跟她是好朋友，那可真羡慕死我们了。"

"你很喜欢温菡吗？"夕柚米问道。

"也不是啦……"林宝儿从书桌柜里拿出自己的零食袋，"她那么好看，很适合当我们动漫展的模特啊！我也希望有她那样的身材……以后有机会的话，我还想找她拍照片呢。"

"她不是湛森的绯闻女友吗？你要是想找她，我帮你问问湛森……"姚林林眼尖地看到林宝儿拆开一包牛肉干，马上手快地抢过来，"这个，就当你的谢礼啦！"

"混蛋姚林林！用得着拿那么多吗？这可是我表姐从美国带过来的！就这么两包！"林宝儿就要来抢，但是被姚林林灵巧地躲过了。

姚林林挥舞着牛肉干往门口跑："我要走啦，再晚回去就没车了！谢谢你啦，亲爱的宝儿，今晚我吃着牛肉干的时候，会好好为你祈祷的！"说完，她飞快地跑出门，

"姚林林！你这个强盗！"宿舍里响起了林宝儿愤怒的大吼。

姚林林拆出牛肉干来，边吃边往校外走。现在的时间已经有些晚了，校园里只有三三两两的学生。她经过学校操场，借着月色和校园里昏暗的路灯，一眼就看到了正在练习投篮的湛森。

第二章 「命运共同体」协议达成

　　姚林林下意识就想要绕道走，可是还不等她有动作，就看到不知道从哪儿蹿出来一只浑身脏兮兮的大黑狗，它伸出舌头，贪婪地看着姚林林手上的牛肉干。

　　"喂，这不是给你的。"她想要直接走开。

　　看姚林林转身就跑，大黑狗居然还流着口水追了上来，把她吓得边跑边叫："哇！你别追我啊！我又不是你的主人！"

　　湛森听到叫声，球也不打了，欣赏了两分钟姚林林被狗追的戏码，眼见着她要被追上了，才变戏法似的从口袋里掏出一根火腿肠，往大黑狗身上一扔。那狗瞬间放弃了姚林林，转而去吃火腿肠了。

　　姚林林惊魂未定地看着突然安静下来的黑狗，正闹不明白是怎么回事，湛森走过来，拉着她的手就往外走："还不走，等狗来抢你的牛肉干吗？"

　　一直到走出去好远，姚林林才回过神来，不好意思地甩开手："谢……谢了。"

　　男生一脸戏谑地看着她："你把手上的牛肉干扔掉不就可以了？为什么非要跑呢？"

　　姚林林马上接道："那怎么行，牛肉干太好吃了，我舍不得。"

　　"你啊，还跟小时候一样，遇到吃的就不放手。"

　　"我才没有那么小气！"姚林林跟被踩了尾巴的猫咪一样，叫起来，"我刚才只不过是忘了！你要不出现，我早就想好怎么摆脱狗了！"

　　"哦？是吗？"湛森挑起眉头，"怎么摆脱？"

　　"我……"她一时语塞。

"你以前不是挺厉害的吗？怎么，宇宙无敌的姚林林退化了吗？"

走在回家的路上，湛森和平常冷若冰霜的他判若两人。

姚林林被刺激得受不了了，终于忍不住飞起一脚："别说了！"

然而他却敏捷地一闪身躲开了。湛森挑了挑乌黑的眉毛，继续嘲笑："连身手也迟钝了，你果然是老了。"

两人一路上这样打打闹闹地回家，临到家门口的时候才发现，爷爷竟然来了。

"爷爷！"姚林林赶紧跑到爷爷面前，惊讶地问，"您怎么来了？"

湛森此时也走了过来，尊敬地招呼："爷爷。"

"嗯……"爷爷点了点头，很是欣慰地看着他们俩，"爷爷过来看看你们。我担心你们又和上次那样吵架，所以就从医院偷跑出来了。"

姚林林和湛森都无语了。

爷爷和姚林林他们一起进门，而此时的湛父湛母在外工作还没回来。

爷爷抓着姚林林的手说："爷爷这次来，是有几句话跟你们说的。"

姚林林和湛森一脸不解。

"林林啊，你以后就要做人家的妻子了，身为妻子，要学会照顾家人……爷爷希望你能在半年内学好厨艺。"

"啊？"

姚林林目瞪口呆，下意识就想要拒绝，可是爷爷没有给她这个机会："我已经请了专门的厨师过来教你了，你要趁着这个机会，好好学习做菜，知道吗？"

02

第二章

「命运共同体」协议达成

姚林林看到爷爷这个样子，犹豫了很久才点了点头："是，爷爷。"

"还有湛森……"

冷不丁被爷爷给叫了名字，湛森立马站好。

爷爷冲他说道："我有几点要求，希望你们能做到，尤其是你，你一定要做到。"

"是。"湛森点了点头。

"爷爷一直在捐款做慈善，我捐助的那个福利院，你们记得一定要去做义工。"

湛森和姚林林站在爷爷面前，乖乖地听着，每一条要求，他们都先对视一眼，然后再点头答应。

爷爷见他们俩这么听话，脸上也露出了满意的微笑。

"好了，我该说的都说完了，也要回医院了。"

"啊？"姚林林关心地说，"爷爷，这么晚了，您就在这儿住吧，明天再回去。"

"不了，今晚不回去，院长会骂我的。"

姚林林和湛森无奈，只好叫了辆出租车，千叮咛万嘱咐司机好好把老人送到目的地，才让爷爷离开。

车子绝尘而去，姚林林望着爷爷离开的方向，丧气地哀叹："这订婚协议，到底什么时候是个头啊……"

而旁边的湛森看到她这个样子，眼底闪过一丝令人捉摸不透的光芒。

THE
LITTLE

SWEET
WEDDING

第三章

03

▶ 我们是"森林夫妇"

1

TO 林林&湛森

　　爸爸和妈妈有事要出差一段时间。这段时间里，你们要好好相处，好好照顾对方哦！

　　第二天一大早，蓬头垢面的姚林林就在餐桌上发现了一张字条，她一边挠着头发一边读完，原本还迷迷糊糊的她突然瞪大双眼。

　　"什么？只有我们两个了……湛森！湛森！"

　　她焦急地拿着字条跑到湛森的房间，把熟睡中的他摇醒："湛森，你爸妈把我们扔下了！天啊，我连方便面都不会煮啊！"

　　湛森睡眼惺忪，拿过姚林林手上的字条看了一会儿后，再次蒙头倒下。

　　"喂，难道你就不恐慌吗？我们可能以后都要吃外卖了！"姚林林继续摇他。

　　"在我看来……"湛森不耐烦的声音响起，"比天天吃外卖更恐怖的，是要单独和你在一个屋檐下相处这么久……"

　　"啪！"

姚林林把枕头势如旋风般地打在了他脸上。

三十分钟后——

去学校的车上，湛森一直绷着一张帅脸。

"至于嘛，不就是用枕头拍了你一下，居然甩了这么久的脸色！"姚林林站在他旁边嘟囔。

湛森斜睨了她一眼："我记得有个词叫知恩图报。姚林林，昨天晚上我救你于狗嘴，今天你拿枕头拍我，你觉得，我有必要对你温柔以待吗？"

"你……"姚林林一时语塞，半天才回过神来，"我求你救我了吗？再说，今天早上还不是你那么说，我才生气的！我可告诉你，在我姚林林看来，说话不中听，跟动手打人是一个道理！"

湛森看着比自己矮了一大截的女生一副"我就是正义"的模样，没来由地叹了一口气。

分明是个娇小柔弱的女孩子，为什么总是像个悍匪呢？

"你能不能像个女生一样，文静秀气点？至少和你的外貌不要那么的不搭吧。"

湛森心里的这句话没有说出来，他只是没有再理姚林林，幽幽地看向了远方。

姚林林得不到回答，以为对方理亏，不由得暗暗得意。

车子停在了校门口，她一下车就被惊呆了。

才短短一天的时间，从校门口到各大广场以及图书馆前坪，都摆上了大学各个社团的招新横幅和桌椅，她一个个地看了过去，简直眼花缭乱、目不暇接。

03

第三章

我们是『森林夫妇』

　　"哇，都大果然是闻名全国的高级学府，就连社团也很新颖啊！变态心理研究社是什么啊？专门研究不正常人类的吗？还有还有，二次元拯救世界这种社团，看上去好好玩！"

　　"高考完以后，大家憋了十八年才换来自由，当然什么兴趣爱好都有。每年的都大招新都是这个样子，看久了也就习惯了。"湛森一副少见多怪的样子。

　　姚林林冲他做了个鬼脸："你只是比我大两届而已，你敢说，你刚进都大的时候，没有被这么多的社团给吓到吗？"

　　"没有。"

　　她被噎住了，过了好久才找回自己的声音："那你加入的到底是什么社团呢？"

　　"数学社……"湛森回答后，又凉凉地来了一句，"你永远也进不了的社团。"

　　"你！"姚林林瞬间火冒三丈，举起拳头就要揍他，可是眼角余光一晃，看到了某个熟悉的影子，顿时一个激灵，挥向湛森的手就这么生生停住。在他诧异的目光下，姚林林露出一个娇憨的笑容，小鸟依人地挽住了他的手臂。

　　"你怎么了？干什么？"湛森面色阴晴不定，低声询问。

　　"我好像看到爷爷了。"姚林林眯起眼睛甜笑着，也压低声音回答。

　　他听到这句话，原本的犹疑瞬间被坚毅和果敢取代，身体往姚林林这边靠得近了些，看向姚林林的眼神也变得柔和深情。

　　原本热闹的都大校园瞬间变得安静了许多，一瞬间，大家的眼神都聚集在他们身上。

"他们果然是未婚夫妻，看起来感情很好啊。"

"虽然不知道姚林林是怎么扒上湛森的，但看男神宠爱的眼神，还是觉得好甜呀！"

"……"

四周议论声响起，湛森却靠近姚林林："你确定没有看错吗？"

"我也不知道……那个身影很像爷爷。"说着，姚林林再往之前的方向努力辨认了一下，可哪还有那个熟悉的影子？

她瞬间松开了挽着湛森的手："看错了！吓死我了，还以为要这样一直挽着你的手到教室呢。"

湛森默默和姚林林拉开距离，眼底滑过一抹令人看不懂的情绪。

"林林！"

"湛森！"

正在这时，林宝儿、夕柚米和季哲宇一起朝姚林林走了过来，而另一边，温菡也在不远处亭亭玉立，看着湛森微笑。

"你就是湛森？"林宝儿挽住姚林林的手臂，挤眉弄眼地说，"我是林宝儿，林林的御用闺密，你可要讨好我哦，不然，我是不会让林林和你在一起的。"

"别闹了宝儿……"姚林林一脸尴尬，低声说，"我和他什么关系你又不是不知道。"

"嘿，这可不一定。我看他刚才看你的眼神可不简单，我看啊，湛森八成喜欢你。"林宝儿跟姚林林咬耳朵。

03

第三章

我们是「森林夫妇」

"服了你了，那就是演戏！"姚林林只当林宝儿在开玩笑。

"林林，你想好要去哪个社团了吗？"夕柚米脆声问道。

"啊！"姚林林这才惊讶起来，"加入社团？这么快？"

"那当然！我们三个特意早起，就是为了能加入心仪的社团。"季哲宇神采飞扬地说。

"可是我还没想好。"姚林林看着学校五花八门的社团，眼中满是犹豫之色。

"要不，加入我们数学研究社吧。"一个温柔清淡的声音突然响起。

众人回头，就看到温菡袅袅娜娜地站在湛森身侧。

今天的她换了一身纯白的公主裙、水钻细跟凉鞋，精致的编发让她看上去像个真正的公主般，浑身散发着高贵优雅的气质，和如玉般冷峻的湛森站在一起，般配极了。

姚林林瞬间升起一股自惭形秽的感觉，往后退了一步："数学社？"

"以她的智商，恐怕连入社测验都无法通过。"温菡还没开口，湛森就接过话头，嘲讽地说。

"哎呀，你怎么这样！人家是学妹，你就不能留点情面吗？"温菡娇声抱怨，用同情的眼神看着姚林林。

姚林林怒火中烧，咬牙切齿地说："你傲什么傲！我说了要去你们那个什么全是怪胎的数学社吗？就算你求我，我也不会去！"

"就是！咱们林林肯定是和我们一起报动漫社！"林宝儿也气得不行。

"对啊！我就和宝儿一起去动漫社！"姚林林顺着话说。

"哈哈！"

突然，一阵欢呼声打破了紧张的气氛，姚林林瞠目结舌地看着林宝儿开心地和夕柚米击掌庆贺。

林宝儿笑嘻嘻地对湛森说："感谢感谢，来之前我还绞尽脑汁地想要怎么把我这个傻傻的闺密骗到动漫社呢！没想到你一句话，就解决了这个世纪难题！"

姚林林后知后觉，片刻后才反应过来："林宝儿！你诈我！"

"哎呀，宝贝儿……"林宝儿一把挽住姚林林，笑眯眯地说，"我一想到自己要孤零零地去那个动漫社，脑子就疼，现在好了，你跟我一块，还有夕柚米，我们三个一起称霸都大动漫社！"

夕柚米也在一边劝道："是呀，林林，我刚和你们交朋友，你也不忍心这么快扔下我吧？"

姚林林看了她们半晌，最后只得叹道："好吧。"

"既然林林加入了动漫社，那我也去！我们四剑客！"站在一边的季哲宇马上趁机说。

"好啦好啦！既然我们大家都决定加入，那就先去上大课，然后就去报名吧！"

说完，林宝儿完全忘了湛森和温菡的存在，拉着季哲宇他们就往教学楼跑去。

"湛森，这几个小学妹还真是活泼可爱。"温菡看着他们四人离开的身影，开玩笑地说。

湛森没有开口，他只是静静地看着跟在姚林林身边的季哲宇，眼底闪过一抹暗沉。

第三章 我们是『森林夫妇』

2

今天的大课是马哲，大家要在一起上。林宝儿四人刚进教室就发现，黑板上写着一行字，老师因为要参加学校的会议，今天的课改了时间。

"既然不上课了，那我们去逛街吧，我请你们。"季哲宇话里虽然说的是"我们"，眼睛却看向了姚林林。

"好啊……"姚林林没有回答，夕柚米反而抢先一步，"林林，宝儿，我们都是大一新生，可以趁这个时间逛逛都大附近的商场，熟悉熟悉哪儿好玩啊。"

"好吧……"林宝儿代替姚林林答应下来，"林林，反正等会儿的课还早，去附近逛逛就回来也行。"

几个人一起开开心心地去逛街，夕柚米走在季哲宇的身侧，而季哲宇却一直跟着姚林林，那副殷勤小心的模样，落在夕柚米的眼睛里，只能让她暗自伤神。

"哇！好漂亮的项链！"

突然，在经过一个珠宝水晶店的时候，夕柚米被橱窗里的一串展品项链吸引住了目光。

"真的很漂亮呢！"林宝儿也双目发光。

那是一枚星星花的项链，红色的宝石星星镶嵌在鸢尾花的花蕊处，水晶鸢尾花被一根银色项链锁住，放在黑色的天鹅绒盒子里，显得神秘又高贵。

"哲宇，你看这项链！"夕柚米让店员把项链拿了出来，满脸期待地问季哲宇。

他也点点头，赞赏地说："真的好漂亮，你的眼光还不错嘛！"

"既然你也觉得漂亮，那不如……"夕柚米的"送给我"还没说出口，就被姚林林突如其来的惊呼打断。

"880！这也太贵了吧！"她指着项链的标牌，瞪大眼珠。

"这种带宝石的项链，880又不是什么好货色，算便宜的了，林林你喜欢吗？"季哲宇在一旁温柔地说。

"不不不……"姚林林连连摆手，"虽然这项链好看，但可是我大半个月的生活费呢。"

"那要是便宜呢？"季哲宇继续问道。

"便宜我当然喜欢，只不过我平时不戴……"

"给我包起来，刷卡。"

她的话还没有说完，就被季哲宇给打断了，他二话不说冲服务员掏出银行卡。

"你干什么？"姚林林眉头一皱。

"难得你喜欢，就当我送你的谢礼。"季哲宇笑容灿烂地说。

"这也太贵了！你赶紧退了！"姚林林焦急起来。

"我买东西就没有退过，你如果不要，我就只好把它给扔了。"说着，他还真的一副要把东西给扔掉的架势。

"别别别！"姚林林赶忙拦下来，"我收！我收！花了这么多钱买下来的东西，你也太随便了！你不要，我要！"说着，她一脸肉疼地从店员手里拿过首饰盒。

原本脸色开始阴沉下来的季哲宇转成了笑脸："既然收下了，那就戴上

看看。"

"真是……"姚林林撇撇嘴，还是把项链戴在了脖子上。

"哟！秀恩爱啊！"林宝儿突然一脸坏笑地插进来，朝他们挤眉弄眼，"我说季哲宇，昨天才告白，今天就送定情信物，速度很快嘛！"

季哲宇被林宝儿打趣得脸红，看向姚林林的眸子里，不由得带上了一股炙热。

一向神经大条的姚林林冲林宝儿翻了个白眼："什么定情信物！你就知道开玩笑！"说着，她跑过去就朝林宝儿一阵挠痒痒。

两个女生打打闹闹的，季哲宇的目光却渐渐冷了下来，他站到一边，难掩失落。

"我可没有白收他东西，刚才转身的时候，我把项链钱偷偷塞到了他书包里，你以后可别乱说话了！"趁着打闹的间隙，姚林林掐了一下林宝儿，轻声告诉她。

"嘻嘻，你这么受欢迎，还不许我说啊？我偏说！我偏说！"林宝儿不以为意，嘻嘻哈哈地回答。

"好呀！看我不收拾你！"姚林林再次和她嬉戏起来。

站在三人圈子外的夕柚米，盯着姚林林脖子上闪光的项链，没有吭声，眼睛里却掠过一丝幽暗的光。

下午没课，姚林林正打算去林宝儿宿舍里和她厮混一番，谁知却收到了湛森的短信，要她等他一起回家。

她心不甘情不愿地跑到了土木工程的教学楼。这里的教室就是不一样，姚林林看每一个从里出来的学生都像是学霸，像她这种透明专业的学生，压力不是一般的大。

按照湛森的短信，姚林林找到了他的教室。

这个时间，教室里的人都快走光了，姚林林正准备叫他一起回家，身后便传来了温菡的声音："啊，你已经约了林林吗？真是不好意思，我还以为你没有约会呢。"

姚林林转过身，看到温菡面带笑容地看着他们。

"不不不……"姚林林连忙摆手，"我没有和湛森有约会，你是不是想要约他？我现在就走，你们好好约会吧。"说着，她整理了一下背包，就要离开。

"你有家里的钥匙吗？就这么回去？"身后冷不丁传来湛森冰冷的声音。

姚林林抓抓头。

他看着她的眼神里有一种无奈："今天得一起走，我要陪你去配一把家里的钥匙。"

"你们已经同居了吗？真是恭喜呀……"温菡走近姚林林，冲她笑道，"不过今天晚上我想请湛森吃饭哦。之前他帮了我一个忙，一直没有机会感谢他呢，不知道是不是可以从你这里借用他几个小时呢？"

"当然可以啊！"姚林林受宠若惊，"你完全没必要问我的。"

温菡看了看湛森，随后又笑了："要是林林你不放心的话，可以和我们一起去啊。"

她什么时候说过自己不放心了？分明是一直在给他们两个制造机会才对

03

第三章 我们是「森林夫妇」

067

呀……姚林林丈二和尚摸不着头脑。

"你也一起去，我们一起回家。"湛森说完这句，就率先走了。

3

温菡请客的地方就在姚林林上午去过的购物商城，顶层有电影院和许多餐厅，她直接带着他们到了一家很高档的西餐厅。

落座后，温菡将菜单递给姚林林："林林，你来点单吧。我和湛森之前来过这里，今天你是客人，随便点，不要客气。"

姚林林觉得今天吃人家嘴短，一定要在湛森面前好好帮温菡说话，于是很积极："好啊！我看到这里有情侣套餐，你和湛森就点这个吧！"

说着，她一脸期待地看着温菡。

温菡微微一笑，正想开口……

"三个人吃什么情侣套餐，你的数学是体育老师教的吗？"湛森面无表情地拒绝了姚林林的提议。

温菡尴尬地说："是啊，林林，我们三个人吃饭，你帮我和湛森点情侣套餐多不合适，不如你先点些自己喜欢吃的吧。"

"啊……啊，好。"姚林林瞪了湛森一眼，抱歉地打开菜单。

才看了一会儿，她就大呼小叫起来："啊！这里居然有我最喜欢吃的波士顿甜虾沙律！哎呀，太棒了！服务员，这个虾给我来三份！"

湛森皱起乌黑的眉："我不吃虾。"

姚林林兴奋地说："不是给你点的，这三份都是我的。"

温菡偷眼瞄了一下那虾的价格——279一份，顿时忍不住嘴角抽搐。

坐在对面的姚林林却冲她嘻嘻一笑："温菡学姐，这个虾算我自己的，你就请我吃简单的牛排意面就可以了。"

湛森还坐着，要是现在认怂，岂不是让这个男生看不起？温菡暗地里翻了个白眼，冲姚林林微微一笑："没事，这点钱学姐还是出得起的，你就别客气了。"

"不是我客气啦！"姚林林冲她摆手，接着把服务员喊过来，"买单，买单，我的那三份甜虾。"

"林林，其实你真的不必……"温菡站起来想要阻拦，却见姚林林以迅雷不及掩耳之势掏出手机扫了桌上的二维码，飞快地网上结账了。

"不用在意，我遇到自己喜欢吃的又太贵的，一般都会自己买单，没必要给别人增加不必要的负担嘛。学姐，你就当我这是外带食物好了。"

姚林林收起手机，开心地等着上菜，温菡只得坐了下来。

昏暗的灯光下，湛森看向姚林林的眼神里，多了一丝浅浅的欣赏。

甜虾很快就上了，姚林林高兴地向温菡和湛森推荐："你们快尝尝，这道菜是把新鲜的龙虾浸泡在白兰地里，让它们醉倒，然后再用熬制了两天的鸡汤做底，调成浓稠的汁，再将虾肉裹上糖醋调料焖熟浇汁……简直是天下难寻的美味！你们快试试呀！"说着，她自己的口水都要掉下来了。

湛森见她那样子，拿起汤匙舀了一口，那张万年冰山脸上的表情也柔和了几分。

"还是不用了吧，这东西这么贵，而且你又这么喜欢……"温菡迟疑地说道。

"哎呀，不用在意，"姚林林夹起一块送到她嘴边，"你看，湛森都喜

第三章 我们是「森林夫妇」

欢！你一定要试一试，不吃会后悔的！"

"这样啊。"温菡推辞了几下，还是吃了一口。

"怎么样？"姚林林期待地问

"嗯，"她点点头，微笑着说，"味道不错。"

"我就说吧。"姚林林一脸与有荣焉的表情，好像自己推荐的东西别人很喜欢，是一件多么令人高兴的事情一般，"我的梦想，可是吃遍全世界的美食呢！"

美味下了肚，姚林林的话也多了起来，兴致勃勃地大谈"吃货经"："我告诉你们啊，这个吃什么，和怎么吃，是很有讲究的……"

她正在一边夸夸其谈，坐在湛森旁边的温菡却突然捂住了肚子，难受地叫了一声："湛森……"

"温菡学姐，你怎么了？"姚林林吓了一跳。

"我……我好像过敏了。"她虚弱地说。

"过敏？"姚林林看着迄今为止只上了三份虾的餐桌，瞠目结舌，"你……你海鲜过敏吗？"

"嗯，刚才我想拒绝的，但是学妹你太热情了，所以……"温菡低下头，抓住自己的手，"我现在可能已经全身过敏了。"

"那赶紧去医院啊！"姚林林大叫着站起身来，就要带着温菡离开这里去医院。

"不用了，我带了药。"她从包里拿出一个棕色的小瓶子，倒出几颗药吃了下去，"不好意思啊，扫你们的兴了。"

"没事就好。"湛森关切而又礼貌地说。

姚林林坐回座位去，小脸皱成一团："应该是我道歉，没有问清楚就逼着你吃海鲜，真是对不起啊，学姐。我真是太笨了……"

"没事啦，我吃点药就好了……"

正在这时，温菡点的汤和牛排上来了。

"汤来了！学姐，喝点汤应该会好一点，我来帮你盛汤！"姚林林舀了满满一大碗汤，小心翼翼地递给温菡。

"谢谢。"温菡伸手去接，才刚刚碰到汤碗就"哎呀"发出一声惊呼，一个没接稳，整碗滚烫的汤就这样淋到了手上！

"学姐！对不起！我不是故意的！"姚林林猛地站起身来。她也不知道怎么回事，她刚把碗递到温菡跟前，碗就像和自己过不去一样，猛地翻了！

"姚林林，你怎么回事？永远都这么不专心！"湛森也赶忙站起来，冲温菡关切地问，"有没有关系？要不要去医院？"

"不用了……"温菡冲他笑笑，"我去趟洗手间，服务员会帮我处理好的。你也别怪林林，她不是故意的。"

不说情还好，温菡这一说，湛森不由得再一次瞪了姚林林一眼："我去给你买烫伤膏。"

吃个饭变成这样，看着他们两人并肩离开的背影，姚林林委屈地低下头，目光瞥到桌上湛森点的梅子酒，心里酸酸的，干脆一仰脖子，"咕嘟咕嘟"灌下了半瓶。

湛森和温菡回来后，一直在聊天。两个学霸说的全都是土木工程的专业术语，姚林林听也听不懂。她心怀歉意地不去打扰，吃着自己买单的三份甜虾，自饮自酌，很快，梅子酒就见底了。

03

第三章

我们是『森林夫妇』

早说了不来掺和他们的约会，现在好了，烫伤了温菡的手，还被湛森凶，真是太倒霉了……

姚林林越喝越多，最后摇着自己的空瓶子嚷嚷："服务员，再给我上一瓶酒！"

坐在她对面的湛森这才发现不对劲，皱起乌黑的眉说道："姚林林，你喝醉了？"

然而姚林林没有理他，站起身来，越过餐桌一下子抓住温菡的肩膀："温菡学姐，对不起！你不要怪我，好不好？"

温菡一愣，温柔的笑意僵在了脸上，湛森扶住额头。

姚林林喝了一瓶才3.8度的梅子酒，醉了……

4

"学姐，呜呜呜，你过敏严不严重啊……我们去医院好不好？"清静的大街上，姚林林手里拎着自己的鞋子，趴在男生宽厚的背上，一边哭泣一边道歉。

"你学姐已经好了，你就不要再耿耿于怀了。"湛森背着姚林林，一边没好气地说，一边咬牙翻白眼，"姚林林，你怎么看着瘦瘦的，背起来却这么重？"

"你才重！你全家都重！我是世界无敌可爱姚林林！"就算是喝醉了，姚林林也还是不忘跟他唱反调，不过很快她又转变了角色，"学姐，你的手要不要紧……不要紧？我不信！你给我摸我才信！"

姚林林迷迷糊糊地抓着湛森的手，在月色下露出微笑："滑滑的，学姐，你的手好了。"

　　发现姚林林喝醉后，湛森就带着姚林林从餐厅出来了，谁知道她死活不上出租车，像个树袋熊一样挂在温菡身上，酒气熏天地哭着喊着求原谅，不知情的，还以为这里上演着什么生死绝恋呢。

　　湛森觉得丢脸死了，好不容易把姚林林和温菡分开，她却又把自己当成了温菡，缠着他不停地说"我不是故意的"。他看她可怜兮兮的样子，没来由地心软了，就这么把她背了回来。

　　到家后，湛森把姚林林放在她的床上，正准备离开去打水给她擦汗，她却猛然抓住了他的手。

　　"姚林林，放开，我要去给你打水。"他都快累死了，说话的语气也有些不耐烦。

　　谁知道床上的姚林林像是感应到了他的怒气一般，皱着小脸往后缩了缩，却还是紧抓着他的手不放："不要怪我了……"

　　只不过是一个责怪的表情罢了，没想到，她却这么在意吗？

　　湛森坐回姚林林身侧，任由她握着自己的手。

　　夜色漫漫，经过了这么长时间的体力运动，他也有些累了。他想了想，在她身边躺了下来。

　　"咕噜噜……"

　　半夜时分，姚林林被自己肚子饿的声音叫醒。她才睁开眼睛，就被眼前的画面吓了一跳——自己竟然在湛森的臂弯里睡着了！

　　而湛森也醒了过来，睁开眼睛看着她。

　　姚林林没来由地打了个冷战。

　　"对不起，我真不是故意的！"姚林林赶紧澄清，"我知道你和温菡是男女朋友，我以后再也不会插手你和她的事了！真的！你要是不放心，我们可以解除协议……"

　　"她不是我的女朋友。"对面的男生突然说。

　　"啊？"

　　湛森看着姚林林，清俊的脸上微微有些不耐烦："我和温菡只是普通同学，我们什么别的关系都没有。"

　　"可是论坛上，还有学校里别人说……"

　　"那只不过是好事的人传出去的流言。我没有女朋友，所以你也不用担心我会因为温菡记恨你。"湛森难得一口气说这么多话，连姚林林也完全愣住了。

　　"你，你……"姚林林一连"你"了好几下，都说不出其他话来。

　　"想道歉，你就去找温菡。而且，我不希望以后你再因为流言而误会我……"他霸道地说，"能起来了吗？我的手酸了。"

　　"啊！"她赶忙起身，脖子上的项链从衣服里掉了出来，银光一闪。

　　"这是什么？我记得你之前没戴过项链。"湛森眼尖地看到了。

　　"啊，都怪季哲宇啦！"姚林林把上午逛街的事说了一遍，见湛森的眼神有点奇怪，赶紧声明，"我给了钱！刚认识就收人家这么贵的礼物，那我成什么人啦！季哲宇非要送我，我把钱偷偷塞给他了。"

　　话音刚落，她的肚子再次叫了起来。

　　"饿了？"湛森问道。

"嗯。"

男生拿出手机看了看时间："已经深夜两点了，外卖也没有了，煮泡面吃吧。"

"泡面？"姚林林看着湛森，瞬间有些气短，"可我不会煮……"

"我也不会。"

两个人面面相觑。

最终湛森在她可怜兮兮的眼神攻击下，宣告败退，站起身前往厨房。

"先放水还是先放调料包？"

"是不是要等水滚了才能放面啊？"

"啊啊！这里有说明书！"

……

一阵人仰马翻之后，在这个万籁俱静的夏日夜晚，两人迎着空调徐徐的凉风，各自端起了面前的泡面碗。

"你还记不记得小时候，我们偷吃的事情？"姚林林吃着泡面，冲湛森挤眉弄眼。

"当然记得……"湛森看都没看她，"不知道是谁白天调皮，被罚不许吃晚饭，半夜偷东西吃被我发现了，我明明什么都没说，却被你绑在楼梯间过了一夜，直到第二天才被爷爷发现。"

"呃……"姚林林没想到他记得这么清楚，讪讪地笑了笑，"哎呀，都过去多少年了……说点开心的嘛。"

"开心的……"氤氲的热气里，湛森的脸好像也若隐若现，"我刚去你家时，根本就不适应陌生的环境，你为了哄我开心，脱光衣服在我面前跳健

第三章 我们是『森林夫妇』

康操……"

"喂!"姚林林头皮一阵发麻,站起来就要打他,"这种事情就不要再提了!"

他低低地笑起来,一双黑如点墨的眼嵌在如画般的容颜上,剑眉舒展开来,好像千树万树梨花开放,好看得不像话。

姚林林看得直发怔,拳头也不知不觉间自动收了回来。她低下头吃了口泡面,小声嘟囔:"真是的,什么时候长得这么好看了……"

湛森看着突然脸红的姚林林,慢慢收起了自己脸上的笑,再次同她说起了儿时趣事。

两个人的心,从初见时的尴尬疏离,到签订协议后的忽远忽近……直至现在,姚林林才好像找回了小时候和湛森相处时的自然轻松。

这个夜晚,好像带着一点甜丝丝的味道。

5

第二天林宝儿有事,姚林林约了夕柚米和季哲宇他们一起去学校游泳池游泳。

对姚林林这样的旱鸭子来说,能学会这种新技能简直太兴奋了,所以一行人很早就到了游泳馆。

来了才发现,湛森他们班的人也在。

姚林林走到湛森身边,跟他打招呼:"你在这儿干什么?"

"测量泳池。"男生回答得言简意赅。

"测量泳池?"

湛森看了她一眼，冷冷地说："这是学校的规定，夏天泳池开放期间，需要定期记录泳池的水深和成分数据，防止污染和变化。"

"哦。"姚林林似懂非懂地点头。

那边林宝儿叫了，她就活蹦乱跳地跑了过去。

"游泳课，岂不是要穿泳装？"湛森看着她离开的方向，喃喃自语。

当然，游泳是不能穿平时的衣服的，等姚林林穿着泳装从更衣室出来的时候，正在指挥测量的湛森脸色一变。

太暴露了。

光洁修长的腿裸露在空气中，她的长发被绑起来扎成了丸子形状，额前留下几缕刘海儿，比平日增添了几分俏皮可爱。红白相间的条纹泳衣，可爱的小裙子用背后两根细带绑住，少女的身材窈窕纤细，平添几分娇憨。

姚林林和夕柚米蹦蹦跳跳地出来，吸引了湛森的目光，自然也吸引了季哲宇的目光，他径直跑到姚林林面前，殷勤地说："林林，你不会游泳，我来教你吧？"

姚林林转过头问夕柚米："小米，我们三个人一起吧，你不是也不会游泳吗？"

谁知夕柚米脸色苍白地扶住额头，摇摇头："不了，我早晨可能吃坏了肚子，现在有点儿不舒服，你和哲宇去吧。"

"怎么了？要紧吗？要不要去医务室看看？"姚林林关切地看着她。

"不用了，没事的，我休息一下就好了。"她冲姚林林笑笑，"对了林林，你的项链……"

姚林林低头一看："哎呀，我都忘了，店员说这个链子不能沾水。小

第三章　我们是「森林夫妇」

03

米，你先帮我拿着，我去和季哲宇学游泳啦。"说着，她把项链取下来递给夕柚米。

季哲宇很高兴，这下只有他和姚林林两个人了，不远处的湛森看着季哲宇拉住姚林林的手，眼神暗了暗，等到下了游泳池，季哲宇对姚林林又是搂又是抱时，他再也忍不住了，放下手里的事，朝他们俩走去。

姚林林正在练习闭气。她钻出水面，忽然感觉自己头上阴了一片，接着就看到一湛森蹲在泳池边，面无表情地看着她。

"姚林林，回去。"

"啊？"她一愣。

"回去？要她回去干吗？"季哲宇站了起来，警惕地说。

许多同学都朝这边看了过来，显然湛森的举动引起了大家的注意。

"凭我是她的未婚夫。"湛森冷然道。

"笑话！"季哲宇反唇相讥，"你说你是林林的未婚夫，那温菡是谁？怎么？以为自己是皇帝，左拥右抱？"

"季哲宇！"姚林林听他这话说得刺耳，忍不住想要劝和，可是已经来不及了。

"我需要她跟我一起去见家长。"湛森接口道。

"伯父伯母回来了吗？"姚林林大吃一惊，赶忙从泳池里爬了出来，"快快快，我们回家。"

她还没走，手腕就被季哲宇拉住了，他愤愤地看着湛森："如果你家里有事，为什么林林事先不知道？你现在就是在故意找麻烦。"

游泳馆里瞬间安静了，湛森的眼神变得比之前更加冷了。

全都大的学生都没有见过他发怒，但现在似乎他快要生气了，因为自己的未婚妻……

"季哲宇，你想干什么？"

"我要教林林游泳。"季哲宇一字一顿地说。

"她要学游泳，我可以教。"

"你教她？"季哲宇冷笑，"你会游泳吗？"

湛森没有说话，只是居高临下地看着季哲宇，仿佛这样的蠢问题根本不需要回答一样。

气氛尴尬地沉默了好几秒，季哲宇忍不住开口："要不然我们比试一场，你要是输了，以后不能再干涉我教林林游泳。"

"季哲宇，你在搞什么？"

姚林林觉得这个赌约来得莫名其妙，站在身边的湛森却把她的手从季哲宇的手里抽出来，淡淡地说："可以。"

"林林做裁判。"季哲宇眼角微微发红。

"好。"

湛大男神嘴角微微一翘，随手拈起一旁椅子上的浴巾，披到了姚林林的身上。

"馆里空调太强，不要感冒。"他叮嘱了一句，就去了更衣室。

姚林林抓着身上的浴巾，然后看着湛森离开的挺拔身影，心里头涌过一股暖流。

"林林，相信我，我一定可以打败湛森。"季哲宇咬牙愤愤地说。

很快，湛森就换好泳裤出来了。

他一亮相，就惹得馆内响起一阵惊艳之声。

姚林林站在裁判席上，目不转睛地看着湛森。

太好看了，他可真是正经的穿衣显瘦，脱衣有肉……原本就是一米八几的个子，精瘦的身材，还有八块腹肌，和湛森比起来，穿着小熊维尼泳裤的季哲宇，简直就像个小男孩。

两个男生做好准备，游泳馆里的众人也都不游泳了，都围到这里来看热闹。姚林林找了一圈没看到夕柚米，想着她可能是去洗手间了，收敛了心神，拿起手里的口哨和秒表。

"嘟！"

一声哨响，季哲宇和湛森一黑一白，像闪电一般跃入水中！

五十米的赛道，需要游两个来回才能一决胜负，然而让所有人都始料未及的是，季哲宇和湛森，竟然都发挥出了运动员才有的水准！两个人都采用的是自由泳，而且两人在比赛的过程中都极少露出水面，众人看着如鱼得水的两个人，忍不住爆发出一阵阵喝彩声。

姚林林更是看得目不转睛，等到最终湛森浮出水面时，她掐下秒表，竟然只花了四十秒！

毫无悬念，湛森赢了，季哲宇比他落后了十几秒。

湛森从水池中出来，浑身淌着晶莹的水珠走到他面前："你说的，输了就离姚林林远一点。"然后，他看向姚林林，"放学之后来找我。"

湛森头也不回地走了，剩下季哲宇一个人在池子里，恨恨地拍打了一下水花。

既然输了比赛，他的游泳课到这里也结束了……

姚林林拍拍他的肩膀："没事啦，你们这比赛还真是无聊，我到时候跟湛森学游泳也一样。"

"哼，我一定会赢他。"季哲宇愤愤地说。

姚林林不知道该说什么好。

她找了一圈夕柚米都没找到，换完衣服出来，却发现她已经等在了游泳馆外面。

"林林，怎么办啊？对不起，我把你的项链弄丢了。"她一看到姚林林，就带着哭腔说。

"啊？"姚林林一脸呆滞，那项链她才戴了两天不到，居然丢了，"你有没有印象是在哪里丢的？我们去找找看也许能找到。"

"我到处都找过了，就是没有找到！林林，我赔你一条新的吧！哲宇送你的项链，你肯定很珍惜的！"夕柚米抓着姚林林的衣袖，一副泫然欲泣的模样。

"好啦好啦……那个，我待会儿再去找找吧。别哭了，你也不是故意的啊。"姚林林安慰她。

"哲宇，对不起，你送给林林的项链，被我弄丢了……"夕柚米又跟季哲宇道歉，谁知道男生一副满不在乎的样子。

"没事，丢了就丢了，我再买个更好的给林林。"

"喂！别给我买了，我不收！"姚林林深感季哲宇就是个败家子。

"你不收也没关系啊，大不了我再丢一次。"季哲宇满不在乎。

"喂！你个败家小子，信不信我打你啊！"姚林林和季哲宇闹了起来。

两人打打闹闹的，留下夕柚米站在原地，望着季哲宇的眼神里，绵延了

03

第三章 我们是『森林夫妇』

满满的哀伤与失落。

　　放学后，姚林林依言去找湛森。

　　他早已等在了教学楼下，见到她走过来，忽然抬起拳头，在女生面前松开手，鸢尾花星星项链就这样出现在了姚林林面前。

　　"咦？这不是我的项链吗？怎么在你这里？"姚林林惊呼。

　　"我出来的时候，看到和你在一起的那个女生把项链扔到了草丛，我看着眼熟，就捡起来了。"湛森回答道。

　　"你是说小米？她扔掉了我的项链？别开玩笑了，小米是我的朋友，她不会这么做的。"姚林林上前一步去抓项链，却被湛森躲开了。

　　"就算是我弄错了，你这种盲目信任别人的性格，也该改一改了吧？"

　　姚林林嗤之以鼻："小米不会做这种事的。她都跟我说了，当时她出去扔垃圾，肯定是把项链和垃圾弄混了扔到一起，刚好你又捡到了……喂！快点把项链给我。"

　　"不给。"湛森把项链往兜里一塞，伸出一根修长的手指，顶住姚林林的额头。

　　"项链我没收了，我要拿去卖给慈善机构。还有……"他看着姚林林的目光陡然一凝，"以后，不许收其他男生送你的礼物。"

　　"为什么？"姚林林不服。

　　"因为这是爷爷说的。"湛森俯下身，盯着姚林林的眼睛，一字一顿地说。

THE
LITTLE

SWEET
WEDDING

第四章

04

▶ 对不起，让你丢脸了

1

开学后的第一个周末，阳光透过窗帘洒进来。

姚林林惬意地在软绵绵的床上翻了个身，手机就像被谁揍了一样鬼喊鬼叫起来，唱起刺耳的歌。

"啦啦啦……"

她拿起手机，看了眼上面的日历提示——

下周六：宝儿生日。

回想起前年自己因为忘记了林大小姐的生日，被她恶作剧了整整一年后，姚林林很自觉地打开微博，翻起了林宝儿的动态。

每年姚林林过生日，都是林宝儿一手操办的，订什么样的蛋糕，去什么样的餐厅，给姚林林送什么礼物……所有的一切，林宝儿比她还了解自己，每次想起，姚林林就充满了感激。

这一次林宝儿的生日，她一定要送一份与众不同的礼物，让林宝儿这个深度动漫发烧友感动！

姚林林的手指在手机上滑来滑去，最后定在了一张照片上——林宝儿转发了一张动漫杂志的照片，配上了垂涎欲滴的表情，说：好想要啊！

这是一本她最喜欢的动漫原版杂志，她转发的这一期因为出现了一个印刷错误，在全国只发行了三百本就被收回了，也就是说，这本林宝儿很想要的杂志，全世界只有这三百本！

姚林林在下面评论了一句——

"宝儿，你真的很想要这个吗？"

林宝儿很快就回复了——

"那当然啦！如果我手上有这本杂志，这样等到二十年以后，我会因为拥有一本犯了错的杂志而称霸收藏圈，唉，可惜已经绝版了，买不到。"

姚林林握着手机，陷入了沉思……印象中，林宝儿转发的这本杂志，在湛森的书房里，好像有一本一模一样的。

幸福来得太突然，她马上从床上爬了起来，去厨房热了一杯牛奶，然后从冰箱里翻出自己昨天晚上买的蛋糕，满脸堆笑地端着托盘，敲了敲湛森的房门。

"湛森，你起来了吗？"

"嗯。"

里面传来他带着一丝慵懒的声音，也不知怎么的，姚林林脑子里突然浮现出湛森昨天穿着泳裤，八块腹肌的美好身材，她小脸突然一红，嗓音也不自在起来。

"那个……我准备了早餐，你要不要……"

"来了。"

门开了，湛森的短发乱糟糟的，英俊的脸上带着几抹枕头的压痕，居家服松松垮垮地套在身上，却显出一种慵懒的美来，他身上传来清爽的阳光味道，姚林林心脏漏跳了几拍。

"无事献殷勤，找我干吗？"湛森端走她手里的托盘，转身进了房间。

"也没什么事啦……"姚林林狗腿地跟在他身边，偷瞄了一眼男生的书架，果然在最底层看到了那本杂志，不由得心花怒放，"就是，看中了你的一本书……"

"书？"湛森挑眉看着姚林林，"从小到大，我一点也看不出你喜欢读书啊。"

姚林林忍住怒火，深呼吸一口："不是我……"

她刚想解释，但怕自己说了以后湛森更加不愿意给了，连忙改口："那不然我跟你买好了，多少钱，我出，你把那本书给我就好。"

姚林林小心翼翼地看着湛森，男生也看着她，过了一会儿才问："哪一本书？"

她大喜过望，赶忙跑到书架前把那杂志抠出来，举起冲湛森乐道："就是这本！"

湛森眯起眼睛，看着那本不知道被自己遗忘了多久的漫画杂志，再看看姚林林那张天真无邪的可爱小脸，嘴角微微勾起。

"很想要这本书吗？"他的声音里微微带了些蛊惑的味道，沉浸在喜悦中的姚林林浑然不觉。

"当然啊！"

湛森嘴角的笑意更深了，他看着姚林林，笑眯眯地说："不卖。"

"什么？"姚林林没反应过来。

他耸耸肩，喝了一口牛奶："我说不卖。"

"湛森！"姚林林的脸瞬间垮了下来，眼里怒气翻腾。

这不是耍她吗？

"我又不缺钱，你既然想要我的书，那就帮我干点活吧。"就在姚林林怒气值爆表的前一秒，湛森懒洋洋地说。

"干活？"她傻呆呆地问。

"嗯……"他随手一指，"你先把我的书架清理一下。"

姚林林转头看去，湛森的书架果然很乱，他平时的消遣除了运动就是看书，要整理起来还颇费一番功夫。

为了林宝儿的生日礼物，她一口答应下来，就去整理书架了，湛森放心地准备吃姚林林给带过来的蛋糕，结果才刚刚把蛋糕放到嘴里……

"砰咚！"

一声巨响吓得湛森猛地抬头，就看到埋在书堆里的姚林林正艰难地爬起来，书架已经散架了。

"这是怎么了？"他目瞪口呆。

"你这个书架太高了，我想整理上层的书，就爬了上去，结果……"

湛森没好气地叹了一口气，这个书架是按照他的身高买的，姚林林够不着也正常，但谁料到她会直接往上爬啊！

"你就不知道踩在凳子上吗？"他把姚林林从书堆里挖出来，看了看四

04

第四章

对不起，让你丢脸了

分五裂的书架，无奈地说，"那你去洗衣服吧，这里我来收拾。"

"哦……"姚林林答应一声，抱歉地闷声说，"不好意思。"

湛森正要说话，却见女生一溜烟跑出去了，看着满地狼藉，他只能打消了享福的念头，认命地修补起了书架，可是他还没做两分钟，外面突然响起一阵惨叫！

"啊！湛森！你们家水管爆了！"

湛森把手里的活儿一扔，就跑了出去，结果真的看到自家连接着洗衣机的水管在喷水！

"你干了什么？"他大声问。

"我没干什么啊！我把衣服扔到洗衣机里面，可是明明按了开关都不出水，我就想是不是水管出问题了，就……"说到这里，姚林林的声音渐渐低了下去。

"你就什么？"湛森咬牙道。

"我就踹了一下水管……"她羞愧地回答。

"姚林林……"湛森的脸都绿了，但看着她那不知所措的样子，只能沉重地叹了一口气，"算了，你去帮狗把澡洗了，这里我来想办法。"

"湛森……"姚林林愧疚地看着他，想要说些什么。

"别说没用的，赶紧干活去，托你的福，我今天一天都不能休息了。"湛森完全不想给她好脸色。

姚林林灰溜溜地去院子里牵狗了，湛森的妈妈养了一只吉娃娃，平时睡在院子里，每周都要洗一次澡，这次叔叔阿姨都去出差了，洗澡的任务就落在了他们头上。

姚林林牵着吉娃娃去卫生间，拿出了给狗狗洗澡的专用盆，可是她才打开莲蓬头，就发现吉娃娃在后退，看样子是怕极了洗澡。

"吉祥，乖啊，姐姐给你洗澡。"姚林林一边哄着吉娃娃，一边慢慢凑近它……

三分钟后，浴室里就传出惨烈的人叫和狗吠声。

正在和水管奋斗的湛森不由得一个头两个大，他赶紧走进浴室，就看到姚林林被吉祥抓得满手血痕，浑身湿透地倒在浴室里，吉祥更是浑身湿漉漉地趁着这个机会，从浴室里逃出去了。

"湛森，要不……我还是花钱买吧，我之前在家里从来没有做过家务事，这是我人生第一次，真的，你还是出个价吧。"姚林林带着满身伤痕，摇摇晃晃地站起来。

"你先洗澡，换身干净衣服。"湛森拿出干净的毛巾扔到她身上，闷闷地说完这话后就出去了。

姚林林莫名其妙，不过，等她看到镜子里浑身湿透的自己，连内衣的颜色都能看得一清二楚时，才瞬间懂了湛森为什么跑得那么快，她也一阵脸红，赶紧洗澡换衣服。

2

等到姚林林洗完澡出来，水管已经修好了，落地窗外的吉祥也已经干干净净地在玩球，屋子里却不见了湛森的身影，明明什么都没做，她却累得瘫

倒在沙发上。

"被狗抓伤要消毒，起来。"

湛森那清冷的声音响起，他手里提着个药箱，另外一只手上拿着姚林林要的那本杂志，他把杂志塞进她怀里，还不等姚林林反应过来，受伤的手就被一把抓住。

"以前打过狂犬疫苗吗？"他低下头来，细细地给她清理伤口。

"有打过。"

湛森沉默半晌，又开口问："为什么想要这本杂志？"

姚林林老实回答："因为宝儿过生日啊，她很想要这本杂志，花钱都买不来的，送给她一定会很开心吧。"

现在时间已经接近正午，落地窗外阳光明晃晃的，十分刺眼，别墅里却开着空调，清凉舒适，姚林林和湛森肩并肩坐着，隔近了看，他的睫毛像扇子那样长而浓密，在眼睑投下漂亮的阴影。

"好了。"

仿佛过了很久，又仿佛只是一瞬，湛森松开了姚林林的手，抬头微笑着说，他的笑容很暖，褪去了平时的冷若冰霜，温暖柔和，像窗外的阳光。

"所以，你答应帮我做家务，也是为了朋友？"

"是啊。"姚林林点点头。

湛森把温暖宽厚的手掌放在了姚林林的头顶，宠爱地摸了摸。

"乖。"

一瞬间，姚林林听见了自己心脏"扑通扑通"乱跳的声音，无法抑制，那样明显。

很快，林宝儿的生日就到了，林宝儿特意给姚林林和湛森发了邀请卡，注明"森林夫妇"务必要来参加周末的庆祝派对。

"宝儿生日，你一起去吗？"

"不去。"

湛森窝在沙发里看书，头也不抬地回答。

姚林林无话可说，其实湛森不去也好，因为和他同居，最近只要自己出现在学校，就会被人指指点点的，他不去，她反而松了一口气。

"那我走啦！"和他打了个招呼就要离开。

湛森抬起头，猛然呆住了，今天的姚林林穿着一件纯白的连衣裙，胸前嵌着蓝色的轻纱蝴蝶结，习惯扎着的马尾披散下来，用绿色的发带编成麻花辫，垂在耳侧，她化了个淡妆，踩着细跟绑带凉鞋，显得格外清纯娇俏。

"等等……"他叫住她，眸子沉了沉，"你打扮成这样去？"

"是啊，宝儿这臭丫头要我打扮，这裙子和高跟鞋真的很不舒服啊，好麻烦。"姚林林微蹙着眉说道，"她说今天会有很多帅哥过来，不许我给她丢脸……"

"你等我一下。"

不等她说完，湛森就站起身来，上楼去了房间。

"干什么啊……"

她正嘀咕着，就看到湛森换了一身剪裁合身的西装下来了，短发利落地

打理好，配上条纹领带和质地精良的衬衫，衬托出他矜贵出众的气质。

"你这是干什么？"姚林林瞪大眼睛。

"和你一起去。"

"你不是说不去吗？"

她惊奇地问，湛森斜睨了她一眼，在玄关处弯着腰换鞋："现在我改主意了。"

她还真是搞不懂这人心里在想些什么，不过，既然林宝儿邀请了他们两个，现在湛森愿意和自己一起去，宝儿说不定会更高兴。

这么一想，姚林林也就接受了他的临时变卦。

湛森驾着车来到林宝儿家的别墅，刚停下车，就看到了很多熟悉的面孔，特别是季哲宇，他一看到姚林林就跑了过来。

"林林，你今天好漂亮！"他满脸惊艳的表情。

"哎呀……"姚林林满不在乎地摆摆手，"我都快被这鞋子折磨死了，你就别夸了。"

"林林，你总算来了！还有你的未婚夫湛森大人。"林宝儿穿着一身漂亮的公主裙跑过来。

林宝儿高中时的同学也来了，他们也听说姚林林订婚的事，都好奇地看着湛森，在一旁窃窃私语。

"臭丫头，你能不能低调点……"姚林林低声说，把礼物往她手里一塞，"送你的，打开看看。"

林宝儿狐疑地拆开包装，杂志才露出一角，她就蹦了起来，一把抱住姚林林："林林！你就是我的天使！我太爱你了！我找这本杂志找了好几年呢！啊，我太高兴了！我要去把这个珍藏起来！你等我！"

说着，她就拿着礼物蹦蹦跳跳地跑了，剩下湛森和姚林林站在原地，愣愣地看着林宝儿的背影。

"湛森，你也来了啊。"

突然，身后响起一个柔美的女声，姚林林转过头，发现温菡笑吟吟地看着他们。

她今天一身职场丽人的打扮，深V白衬衫，优雅的鱼尾裙，和湛森的打扮不谋而合，温菡站在湛森身侧，冲她微笑着说。

"林林，你今天真漂亮。"

不知道为什么，姚林林心里酸酸的，她往后退了两步："学姐，上次真是不好意思，你的手没事了吧？"

"没事啦……"温菡举起莹白如玉的手，"你看！"

姚林林还想说什么，却看见她顺势挽起了湛森的手，笑道："好啦，时间不早了，我们进去吧。"

"哦。"

姚林林闷闷的，自己也说不上来，心头那股堵得慌的感觉是什么。

"林林，今天宝儿准备了好多活动，动漫社也来了很多人。"季哲宇一边拉着她往里走，一边亲热地介绍。

"是吗？"姚林林回过神来，"小米来了吗？"

"她去帮宝儿准备宴会了，剩下的人都在外面玩。"

04

第四章

对不起，让你丢脸了

姚林林环视四周，林宝儿的家有个很大的院子，派对就在这个院子里举行，人群三三两两地聚在一起，草坪的正中央是派对的舞台，被五彩缤纷的气球和鲜花装点着，显得热闹极了。

林宝儿放好礼物从房间里出来，找到正在和季哲宇说话的姚林林，把她拖到角落。

"干什么呀，神神秘秘的。"

"你看看那个人……"她拉着姚林林的手，示意姚林林往一个方向看去，只见院子的长桌旁，有一个穿着日式浴衣，白皙瘦削的男生，他看起来很斯文清秀，眸子里带着淡淡的疏离和冷漠。

姚林林莫名其妙："什么啊？"

"他叫张凡，是我们动漫社的社长啦。"

林宝儿的表情既兴奋，又有些羞涩："林林，告诉你一个秘密……我喜欢他！"

"什么？"姚林林大吃一惊！

"你叫那么大声干什么！"林宝儿赶紧捂住她的嘴，低声说，"我就是告诉你，今天我安排了很多游戏，打算主动出击，你可要帮我。"

好姐妹要追男生，她自然肝脑涂地。

姚林林一拍胸脯："放心吧，妥妥的！"

林宝儿冲她眨了眨眼，立马拿起话筒，带着夕柚米登上了舞台。

"各位！欢迎大家今天来到我的生日派对，现在人都来得差不多啦！要开始玩游戏啦！"

夕柚米手里则抱着个纸箱，林宝儿伸手示意："在这个纸箱里，我准备了很多张字条，每个人都必须来抽一张字条，而且要按照上面的要求来做哦！如果不配合的话，就要接受惩罚，做蛋糕人！"

蛋糕人大家都知道，就是把蛋糕的奶油都抹在身上，姚林林看了一眼草坪中央比人还高的蛋糕，实在无法想象弃权的人得有多惨。

"而且，变成蛋糕人之后，不许洗澡，必须这个样子坐公共交通工具回家，而且要拍照发微博！"

……这摆明了就是不让大家弃权啊！

3

不过还好，林宝儿的朋友都很活泼，对这种事不在意，林宝儿说完规则之后，看着在舞台下的众人，接着，女生纤纤玉指指向了人群中的湛森。

"第一个就是你啦，我们都大的男神，请你去箱子里抽字条。"

湛森被点名，无奈之下只好上舞台去抽，林宝儿看来很喜欢这样的游戏，看到湛森抽出了字条，立马抢过去念——

"现场指定一位异性，用嘴传递卡片！"

哇！

顿时，大家都发出了惊呼声，姚林林也跟着好奇起来，不知道湛森会选谁来跟他完成这个游戏。

站在舞台上的湛森，阳光照耀在他的身上熠熠生辉，温菡站在台下，一副胸有成竹的样子，微笑着正要上台，却听见他突然开口——

04

第四章 对不起，让你丢脸了

"姚林林。"

"啊？"姚林林明显一愣。

湛森眼睛直视着她："我邀请我的未婚妻，一起完成这个游戏。"

说着他走下台来，把姚林林拉到了台上。

林宝儿高兴地说："游戏非常简单，湛森从夕柚米那里拿到卡片，用嘴传递给姚林林，然后林林再把卡片用嘴放进我们的这个盒子，这样就算完成任务啦！"

姚林林和湛森面对面站着，女生飘逸长裙，娇小俊俏，男生高大俊逸，看起来倒也十分养眼。游戏开始了，湛森从夕柚米手中拿过卡片，轻轻衔住，姚林林努力踮起脚尖，嘟起嘴巴去配合，可是两人的身高悬殊，刚好快要接上的时候，不知道突然之间哪里来的一阵风，竟然把卡片给吹掉了！

姚林林和湛森猝不及防，就这样撞在了一起！

"哇！"

"天啦！"

台下顿时轰动了起来，众人目瞪口呆地看着这一幕，姚林林整个人也傻掉了！

和男生平日里冷硬的作风不同，湛森的嘴唇柔软又湿润，还带着淡淡的清香，她瞪大眼睛，根本不知道该怎么反应，还是湛森先反应过来，把呆愣的她揽进自己怀里，姚林林就这样双眼发直，在哄笑声中被带了下去。

"林林，林林！"姚林林刚下台，季哲宇就跑了过来，他仇恨地看了湛森一眼，想要把她从湛森的怀里拉出来，无奈湛森搂得实在太紧，他根本就没办法。

正在这时，季哲宇听到台上林宝儿叫自己。

"季哲宇！轮到你了，快上来！"

季哲宇的脸色阴沉得能滴出水来，他看着湛森："我不会输给你的！"

湛森回给他一个奉陪到底的神情，季哲宇上台抽到了一张"请选择一位异性，同时把长条饼干吃到一厘米以下"的字条，在台下愣神了好久的姚林林听到这个，顿时发现林宝儿的良苦用心，这些字条里不管抽到哪一张，都是男女互动，要湛森打头阵，只是不想让张凡不起疑心罢了。

现在她已经从丧失初吻的震惊中回过神来，眼见湛森还搂着自己，连忙挣脱了他的怀抱，湛森看了她一眼，两人之间的气氛顿时有些暧昧。

夕柚米见季哲宇抽到的字条，想要自告奋勇，但季哲宇连看也没看她，拿过话筒欣喜地说："我选姚林林！"

"不行。"姚林林还没表态，湛森就站了出来。

"你又不是林林，凭什么替她做决定！"

"林林已经参加过一次了，要是每个上场的人都选同一个人，岂不是很无聊吗？"湛森看着季哲宇，眼神里流露出一缕冷漠。

"是哦……"

"这样一听也有道理。"

……

台下顿时许多人附和湛森的意见，季哲宇一张帅脸涨得通红，双眼喷火地站在台上。

04

第四章 对不起，让你丢脸了

　　"这样吧！"见气氛渐渐变味，林宝儿赶紧救场，"我们把所有女生的名字写好扔到纸箱里，季哲宇抽到谁就是谁！"

　　"好！"人群里纷纷爆发出赞同声。

　　姓名箱很快就做好了，季哲宇一抽，看到那字条上的名字的一瞬间，面色阴沉更厉害了。

　　"夕柚米！"

　　林宝儿大声念了出来，夕柚米羞涩地走到季哲宇面前，饼干很快被拿了过来，她小声催促："哲宇，我们开始吧。"

　　季哲宇皱着眉把饼干咬在嘴里，他就那样干站着，夕柚米踮起脚尖也无法触碰到那饼干，不由得小声说："哲宇，你头低一点，我够不到。"

　　他不耐烦地蹲下身，饼干总算和夕柚米齐平了。

　　"季哲宇也太讨厌了……"台下的姚林林皱起眉头，"怎么能那么对小米呢？不过是个游戏。"

　　湛森听到她的数落，看了看台上神色尴尬的夕柚米，点了点头："我也认同。"

　　姚林林抬头看了他一眼，像这样背着别人议论不是湛森的作风，但他现在却一脸认真。

　　突然间，台上爆发出一声怒吼。

　　"我不玩了！"

　　姚林林往舞台上看去，季哲宇黑着一张脸，扔下夕柚米跑下了舞台，径直往别墅里去了，夕柚米欲哭无泪地站在原地，嘴里还咬着一根咬了一半的饼干。

大家都看着夕柚米，她尴尬地把饼干拿了下来，眼中带泪地也跟着冲了下来。

"小米！"姚林林正要追过去，却听到台上林宝儿叫她的声音。

"现在我们继续，下一个抽字条的人，是姚林林！"

被点到名的姚林林看了看夕柚米离开的方向，再看看台上一脸抱歉，却还是冲自己挤眉弄眼的林宝儿，一瞬间福至心灵，赶紧上了台。

在林宝儿的暗箱操作下，她在纸箱里抽了一个"现场指定一男一女玩你画我猜"的字条，她看着场下的张凡，微笑地指名："这个游戏，我选林宝儿和动漫社社长张凡来完成。"

台下的张凡乍然被点到名，有些反应不过来，林宝儿高兴得快要蹦起来，很快张凡走上了台，姚林林冲林宝儿比了个加油的手势，就下台去了。

她才刚下来，就看到温菡站在湛森身边和他窃窃私语，也不知道她说了些什么，湛森点点头，跟着她走了。

姚林林呆呆地站在那里，心底突然涌起一股酸酸胀胀的感觉，她也说不清这是什么。

4

一场游戏，让原本还有些陌生的大家熟悉了起来，等到分完蛋糕，夜幕已经降临，林宝儿家里有专门的隔音KTV，大家有的去唱歌了，有的还在外面继续草坪烧烤，气氛比白天更加热烈。

　　姚林林一直没有等到湛森回来，心情失落地走到了别墅顶层，这里有一个空中花园，大家都在房子里玩闹，这个时候应该不会有人过来，适合一个人想心事。

　　可是她才刚到顶层，就看到了一个非常熟悉的挺拔身影，她走过去奇怪地问。

　　"季哲宇？你怎么在这儿？"

　　从舞台上下来后就不见了季哲宇的踪影，姚林林还以为他回去了，没想到他坐在这里吹风。

　　"呵呵……"季哲宇扭过头，帅气的脸上露出了一丝苦笑，"林林，我都看到了。"

　　"什么？"姚林林莫名其妙。

　　"我看到了湛森和温菡离开的时候，你脸上的表情……"平日里开朗的大男孩，现在却满脸忧伤，"林林，你老实告诉我，你真的对湛森一点感觉都没有吗？"

　　"季哲宇，你到底怎么了……"听到这样的问话，她内心隐隐有一些抵触，她又想起了湛森随着温菡离开的情景，"你干吗要问我这种问题啊，我和湛森……"

　　姚林林沉默了，事到如今，她也搞不清楚自己到底对湛森是什么感情了，他们小时候一起长大，十年后重逢，却是在那样乌龙的情况下。一开始她的确很抵触，可是渐渐地，他的清冷严厉，偶尔的温柔还有细致的体贴，像是空气一样，成为她生活中不可或缺的一部分。

见她很久不说话，季哲宇突然上前来抓住姚林林的肩膀，急切地说："林林，如果你不喜欢湛森，可不可以考虑下我？我一直那么喜欢你，我想得到你更多的关注，如果可以，你能不能接受我？"

"季哲宇！"姚林林被吓住了，她不知道该怎么样反应，"我……"

"林林，答应我吧，我一定会对你好的。"说着，他就要上前来抱住姚林林。

"季哲宇，你别这样……"姚林林正要抗拒，一个冰冷的声音从门口突然响了起来。

"她不会答应的。"

季哲宇的动作停滞了一瞬，他放开姚林林，仇视地看着不知道什么时候出现在花园门口的湛森："你来干什么？"

"我来找我的未婚妻。"

湛森一把将姚林林从季哲宇身边拉走，不等他反驳，就转头对林林说："林林，我有重要的事要和你说。"

姚林林第一个想到的就是爷爷，她大惊失色，再也顾不上季哲宇，立刻跟着湛森离开："怎么了？什么重要的事？是不是爷爷身体出状况了？"

她边走边问，可湛森都没有回答，直到他们走到别墅空无一人的走廊上，他才停下脚步。落地窗外是无垠的月色，湛森转过身来，漂亮的眼睛深深地看着姚林林，就在她疑惑的时候，一枚项链出现在了她眼前。

……碎钻镶嵌的百合花，在正中间的位置是一颗散发着幽幽光华的蓝色宝石。

04

第四章 对不起，让你丢脸了

"这是……"姚林林仿佛被诱惑了一样,伸手去摸。

"送给你。"

湛森说着,轻轻地替姚林林戴上。

"湛森……"

她怔怔地感受着男生在身后帮她戴项链的动作,他身上散发出淡淡的清新香味,让姚林林不由得低下头去,她的心脏像是脱离了轨道一般,"扑通扑通"地狂跳,空气中好像飘荡着甜蜜的气息……

"上次我没收了你的项链,这个算我补偿你的。"他的声音带着难得的温柔,姚林林浑身软绵绵的,觉得自己快要醉倒了,可是接下来,男生的举动却让她直接叫了起来。

"啊啊啊!你干什么!疼!"

湛森直接揪住了她的耳朵!

"以后,不许和除我之外的任何男生有亲密接触,知道吗?"

"什么嘛,我不过是……"姚林林下意识嘟起嘴就要反驳,却被男生给打断了。

"你是我的未婚妻,协议里写清楚的,姚林林,要有点协议精神。"

他好像很喜欢姚林林此刻面红耳赤的样子,手上的力道渐渐松了,在她开始挣扎的时候伸手环住了她的腰。

姚林林瞪大眼睛,眼看着男生微微带笑的嘴唇越来越近……

"啪!砰咚!"

突然,他们耳边响起几声巨响!天空中忽然飘落五彩缤纷的彩带,姚林林和湛森都吓了一跳，赶紧分开来。

"恭喜森林夫妇！鼓掌！"

林宝儿带着一帮朋友不知道从哪里蹿出来，向姚林林和湛森起哄，姚林林和湛森互相对视一眼，彼此都露出了一丝羞涩，而远在人群外的温菡静静地看着这一切，在没有人注意的时候，离开了这里。

经过项链事件，之后的几天，姚林林觉得自己好像是生了病一样，只要她和湛森单独相处，就会面红耳赤，连一句完整的话都说不出来，这跟她平日里的女汉子作风太不一样了。

这天放学后，姚林林收到动漫社的微信群消息，说是晚上要举办社团节开幕式，要社员们全部紧急集合。她加入动漫社这么久，其实一直没有去参加过他们的任何活动，而且她平时根本不看动画，对社团里的东西一窍不通，她下意识不想去，但看信息上说一个都不能缺席，思虑再三，还是准备去看看。

她给湛森发了个微信，说自己要去参加社团节开幕式，让他先回家，就气喘吁吁地赶到了大礼堂。这个时候，各个社团的人都在开始准备了，林宝儿一看到姚林林，立马把她拉过来，火急火燎地说。

"林林，你可算过来了，快，我们缺个角色扮演演员，你来帮我。"

说着，她给姚林林塞了件衣服，就把她推进了更衣室，姚林林正怔松间，看到夕柚米经过，她一把抓住夕柚米："小米，现在是什么情况啊？"

"社团节晚上七点半就开始了，可是你扮演的这个角色的社员临时说有

04

第四章

对不起，让你丢脸了

事不来了，大家都快急死了，林林你快换衣服吧，要轮到你出场了。"

夕柚米说完就跑去忙了，姚林林笨手笨脚地穿完衣服，才刚打开门出来，原本正在东奔西跑的林宝儿突然停了下来，一脸惊喜地看着她。

"太棒了，林林！这衣服简直就是为你量身定做的一样！等会儿化完妆，一定会更美的！"

"宝儿说的没错……"一个陌生的声音响了起来，姚林林转头，是张凡，他眼神狂热地站在她面前，冲她举起相机"咔嚓咔嚓"开始拍照，"你真是太好看了，简直太适合这套衣服了！"

林宝儿冷不丁被挤到一旁，怔怔地发起呆来，夕柚米看到了这一幕，凑到林宝儿身边。

"我还从没见过社长对哪个女孩子有这么高的评价呢，就算是宝儿你，他也是爱理不理的。"

林宝儿沉默着没有出声，张凡还在为姚林林拍照，种种溢美之词从他嘴里蹦出来，姚林林弄不清楚状况，用眼神问林宝儿现在是什么状况，但林宝儿没有理她，沉着一张脸不知道在想什么。

"社长，你这样可不太好哦，我们都是动漫社的，你就单单夸林林一个人吗？"夕柚米含笑打趣。

"林林很有灵气，镜头拍出来非常有感觉……"张凡毫不在意地说着，手上的动作不停，"这个样子最漂亮了，保持。"

"那宝儿也很厉害啊……"夕柚米小心翼翼地看了眼林宝儿，"难道社长更喜欢林林吗？"

“当然。”

张凡毫不犹豫地回答，林宝儿露出不敢相信的神情，震惊地看着姚林林和张凡，转身跑了出去。

“宝儿……”

姚林林想要追出去，可是却被张凡拉住了：“别跑！我还要拍几张照，放在我们的社团网页上！”

她实在没有办法，只好留了下来，可是一直到拍完照，她换回自己的衣服，林宝儿也没有出现，夕柚米也忙得脚不沾地，根本不见踪影，等到她再次出现在姚林林面前的时候，已经是准备开始正式表演了。

5

大家一到后台，夕柚米脸色突然变得惨白。

“怎么会这样！”

姚林林跟在她身边，等看到后台的情况，面色也变得凝重起来——他们上台要穿的所有衣服都不知道被谁剪烂了，尤其是姚林林，她的那件被剪得最严重。

“没想到她真的会这么做……”

夕柚米看着现场的情况，呆呆地说了一声，姚林林奇怪地问道：“你在说谁？”

“啊……没，没什么，我们赶紧想办法吧……”夕柚米紧张地看向张凡，“社长，怎么办啊？”

04

第四章 对不起，让你丢脸了

　　出了这样的事张凡也很烦，白皙清冷的脸上浮现出一丝郁闷，考虑了好久，他才无奈地说："算了，换成《暴力萝莉》。"

　　姚林林听不懂他在说什么，但是夕柚米很快就行动起来了，她拿过一件衣服递到姚林林手里。

　　"林林，拜托了！快换上，你是第二个。"

　　姚林林看了看手中的衣服，眉头顿时皱了起来，这衣服太暴露了，颜色也很鲜艳，和她平时的风格完全不一样，姚林林原本不想穿的，但是为了林宝儿，还是穿上了。

　　等化妆师给她化好妆，姚林林看着镜子里的自己，越看越觉得奇怪，这么浓艳的妆容，看起来像个妖女，不知怎么，心里隐隐有些不安。

　　终于轮到她上场了，姚林林在后台深呼吸，等到大幕拉开，她面带微笑地走上台去，可是才刚上台，她嘴角的笑容就僵住了。

　　台下的起哄声不断，大家都朝她露出鄙视的表情，断断续续里，姚林林听到台下的人在说。

　　"这不是舞翼吗？《暴力萝莉》里最大的反派。"

　　"呕……真是恶心死了，怎么会有人扮演她，这么坏，而且还打扮得这么妖艳……"

　　"这个女生好像是湛森的那个未婚妻，姚林林！"

　　"湛森这是什么眼光啊，居然跟一个这样无脑的女的订婚，赶紧下去吧，一秒都不想多看。"

　　紧接着，此起彼伏的嘘声响起。

106

"下去！下去！"

"滚下台去！"

"我们不要舞翼！滚！滚！滚！"

姚林林站在舞台上，承受着来自四面八方的羞辱，她不知道自己做错了什么，谩骂声不断冲进耳朵里，一向自诩镇定彪悍的姚林林现在也不知所措了，她只觉得自己眼前雾茫茫的一片，双手渐渐握拳，浑身都在发抖，她甚至不知道自己下一步要往哪里走，只能茫然地站在台上，像个迷路的小孩般手足无措。

正在这时，正在喧闹的人群突然安静下来，泪眼蒙眬中，姚林林看到两个男生从礼堂前走来，季哲宇漂亮的脸上写满了不耐和愤怒，而湛森则目光锁定了姚林林，他那浑身散发的不容侵犯的气场，高贵优雅的风范，像是聚光灯一般吸引了所有人的视线，两人一言不发，像是从天而降的王子一般走了姚林林面前。

"这不是湛森吗？"

"对啊，另外一个男生是谁？也好帅啊！我们学校什么时候出了这么个大帅哥？"

"这是英雄救美吗？"

……

在大家的议论声中，湛森和季哲宇渐渐走近，姚林林完全呆住了，看着他们两人。

"林林，跟我走，不要参加这种活动了。"

季哲宇向姚林林伸出手来，另一边的湛森却蹙着眉，一句话也没说，直接把她拉走了。

"喂！湛森！"身后的季哲宇要追上来，但很快就有底下的女生爬上了舞台。

"哟，这是小学弟吗？给学姐留个联系方式。"

"长得太帅了！签个名啊！你叫什么名字啊？"

……

一大堆女生围住了季哲宇，他只能在人群中眼睁睁地看着姚林林被湛森带走。

她跟着湛森来到后台，却发现自己的衣服不见了，姚林林惊慌失措地开口："我的衣服！"

一件外套就披在了她的身上，湛森看着她："去我宿舍换衣服。"

他的口吻没有情绪起伏，既不同情也没有带上愤怒，却突然让姚林林一阵窝心，她鼻子一酸，眼泪就这样流了下来。

"对不起啊……湛森，我刚才在台上面都听到了，他们都觉得我丢你的脸了。"

"你没有丢我的脸。"

湛森牵起她的手，淡淡地开口。

"可是……"

"姚林林还想说，他却转过脸来，黑色的眸子里闪着温暖的光："不要责怪自己，这件事错不在你。"

姚林林没有再说话了，冰冷的心注入一股暖流，刚才被众人辱骂的屈辱感也消散了一些。

"走吧，去我宿舍找件衣服给你穿。"湛森握住她的手往前走。

夜凉如水，姚林林却觉得这一刻的自己很幸福。

在遭受了那样的无妄之灾之后，湛森在她最需要帮助的时候出现，她忽然发现，他那张冷漠的脸之下，好像有一颗温柔的心。

很快，两人就一起到了湛森的宿舍。

姚林林刚微笑着推开宿舍的门，脸上的笑容就僵在了脸上，屋子里居然坐着一个人——温菡。

"咦？林林你来啦！湛森，我看你的衣服都干了，就帮你拿下来叠好，待会儿可以直接放衣柜啦！"

没想到的是，温菡还坐在湛森的床上，身旁是一堆干净的折好的衣服。

"你怎么来了？"湛森皱起了眉头。

"我来找你啊，见你不在，我就自己拿钥匙开门了……"

温菡俏皮地笑着，扬起手中的一串钥匙。

姚林林怔怔地看着这一幕，忽然觉得眼睛被刺得生疼……

她都不知道，原来他们两个已经进展到了这个地步，之前湛森说他和温菡不是情侣关系，现在却连宿舍钥匙都给了她……

难道他们之间真的没什么吗？

一瞬间，姚林林脑子里不知道转过了多少个念头。

她转过头去看湛森的脸，他的脸色虽然不太好看，却没有说什么，她心

04

第四章　对不起，让你丢脸了

里最后的那根弦也崩塌了。

"我，我先走了……"

她低下头，再也不想看湛森的脸，转身就跑了出去。

THE
LITTLE

SWEET
WEDDING

第五章

05
▶ 我的美食修为

1

现在已经是夏末，空气中渐渐带上了微凉的气息，姚林林走在路上，晚风拂来，把她发热的头脑吹得清醒了一些。

她一气之下跑了出来，其实心里还抱着一丝期待，希望湛森会追出来，可大概是因为温菡，他却没有马上跟过来，姚林林不由得心里空荡荡的，扯着他的外套，心情烦乱地在学校里彷徨地徘徊着，从下午游荡到夜幕降临，都没有回去。

"叮咚。"

忽然间，口袋里的手机传来微信提示的声音，姚林林沮丧地拿出手机，忽然看到湛森的微信跳了出来——

"林林，你在哪里？"

姚林林看了看周围，发现自己不知道什么时候居然走到了偏僻的小花园，她找了个长椅坐下，盯着手机发呆。

要怎么回呢？

姚林林现在不想见到湛森，因为她在生气，可她自己都不明白自己在气什么，气湛森欺骗了她吗？可他们只是假的协议关系啊，气他把宿舍的钥匙给了温菡吗？但是他上次只是说没有和温菡在一起罢了，难保这段时间他又发现了温菡的好呢？

正在姚林林郁闷得不知道怎么办的时候，微信突然接二连三地收到了湛森的信息。

"不要生气了。"

"你在哪里？"

"你到底在哪儿，我很担心。"

最后这句话，轻而易举地触动了姚林林的心弦，她恼怒地回了一句——

"不要再给我发了！"

"告诉我你在哪。"

然而，湛森还是锲而不舍地回着微信，姚林林沉默了一阵，无可奈何地发了个地址过去。

微信很快安静下来，夜晚的小花园里，处处浮动着幽幽的暗香，学校里的小情侣三三两两地走过，姚林林捏着手机，心中志忑地猜着……会不会，湛森现在正在赶来的路上呢？说不定……他真的会来也不一定……

等啊等，一个小时过去了，她不安地看着手机，手指在消息栏点了又退，退了又点，心中的期待一点点熄灭，最后，姚林林还是叹了口气，苦涩地站起身来——

忽然之间，眼前投下了一片阴影，她被人挡住了去路。

一只巨大的毛茸玩偶抱抱熊站在她面前，冲姚林林举起一块"欢迎吐槽

05

第五章 我的美食修为

113

心事"的牌子，姚林林一愣，想起今天是社团活动日，搞不好晚上还有学生出来表演。

她低声说："麻烦让让，我要回家。"

但对方不但不让，反而朝姚林林靠近了一些，将牌子再一次举到她面前，讨好地拍拍她的肩膀。

陌生人的关怀，让她忍不住鼻子一酸，姚林林看着人偶抱抱熊："如果我把心事告诉你，你能保证不会说出去吗？"

那人偶憨憨地点了点头，做了个将嘴巴拉上拉链的动作。

也不知道是怎么回事，这一刻，姚林林忽然很想把自己内心的苦恼倾诉出来，她站在玩偶熊面前，情绪低落地开口："那好吧……我，我今天很不开心。"

"本来，我加入动漫社，都是因为湛森嘲讽我智商不行，没想到今天在台上被人嘲笑，连最好的朋友也莫名其妙地生了气……还有湛森……"说到这里，她顿了顿，"今天我看到温菡在他宿舍，心里真的很难受，他之前分明说和温菡只是朋友，现在她却连他宿舍的钥匙都有了，他为什么要骗我？难道耍我很好玩吗？他知不知道……我其实早就不讨厌他了……"

姚林林说着说着，又有些伤心起来，面前的玩偶熊点点头，将手上的卡片翻转过来，她定睛一看，发现上面居然换成了"欢迎发泄"的字样，姚林林抬头看他，玩偶熊不知道从哪里变出一双可爱的粉色拳套递给她，然后指了指自己毛茸茸，胖乎乎的肚子，示意姚林林打他发泄。

姚林林"扑哧"一下笑了出来："我才不打你呢，说完现在心情好多了，我要走了。"

说完，她没有接那双拳套，想要绕过抱抱熊离开，可是才刚跨出几步，就被抱抱熊拉住了。

"欢迎发泄。"

抱抱熊又把牌子举到了她面前，姚林林忍不住沉下脸："同学，请你不要这样哦，我不想打你。"

可是抱抱熊依旧不依不饶，缠住她不放。

姚林林一下子恼了，使劲地甩了一下自己的手："都说了我是不会随便打人的！"

可她一下子力气没用好，把抱抱熊的头套挥了下来，一张英俊的面容出现在姚林林面前，湛森额角带汗，他哭笑不得地看着姚林林："你就这么恨我吗？"

回想起自己刚才说了什么，姚林林脑子嗡地一下，脸瞬间红到了脖子根，她扔下拳套就要离开，却被男生一下子拉住了手。

"林林，我和温菡不是你想的那样，上次在林宝儿的生日宴会上，温菡说国际舞蹈大赛马上就要开始了，她想借用我的单人宿舍一段时间，不受打扰地训练，这件事我忘了跟你说，不要生气了，是我不好。"

从重逢以来，在姚林林的印象里，湛森从来没有这样低声下气过，姚林林的心中升起了一丝丝淡淡的骄傲，又有点欣慰。

可是她的话到了嘴边，却又变成了赌气："你根本不用跟我解释，我们只是协议订婚罢了，你的宿舍想给谁住就给谁住，不关我的事。"

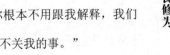

05

第五章 我的美食修为

"怎么不关你的事，就算是协议，我也是你的未婚夫啊……"为防止姚林林再次跑掉，湛森轻轻拥住了她，"林林，不要生气了，跟我回家吧。"

他轻柔的声音，像是一双温柔的手，就这样轻易抚平了开幕式带给姚林林的仓皇和不安……她发现，自己是真的害怕拖累湛森，让大家觉得他眼光不好，让湛森觉得和自己签订订婚协议是错误的……

夜风沉醉，姚林林借着玩偶熊装束的掩护，偏头看着湛森。

男生的侧脸隐藏在夜色中，月光洒下来，将他笼罩在柔和的光泽里，姚林林的心弦忽然被拨动了一下，就因为这简简单单的一句话，她的心又重新有了别样的感觉。

2

姚林林也不知道自己是怎么回的家，第二天她是被馋醒的，一阵阵美食的香味钻进她的鼻子里，姚林林做梦都梦到了美味的鸡腿，香喷喷的蛋糕……咕噜噜冒着热气的汤……

香味是从厨房里飘来的，姚林林一睁开眼，就迫不及待地跑到了厨房……难道湛森还有隐藏厨艺技能没有开发吗？分明上次连方便面都不知道泡啊！

可是，一个出其不意的人出现在了她面前，姚林林大惊失色："爷爷？您怎又跑出来了？"

"嘘……"爷爷紧张地竖起一根手指，示意姚林林别嚷嚷，"我好不容易才从院长手里逃出来，上次爷爷不是说了吗？你就要成为湛森的妻子了，

116

想成为一个合格的主妇，一定要学会做饭，你看，我都把当年的好朋友小李给带过来了！"

说着，姚林林这才看到厨房里还有一个胖胖的中年大叔，他正在做饭，那些闻起来超级美味的食物，都是这个人做出来的！

"哇！好丰盛！"姚林林幸福地叫了一声，就要扑过去吃，却被爷爷一掌拍开。

"没规矩！小李可是五星级酒店大厨，我邀请他来教你做菜，这些菜你必须学会，才能吃。"

"啊？"她不由得愣住了。

一直在忙活着的李大厨也把最后一道菜给端了上来，他冲姚林林和蔼地笑着："以前我一直承蒙你爷爷的照顾，放心，我会把我毕生所学全都教授给你的。"

救命！她根本一点儿都不想学！

"怎么了？什么味道这么香？"正在这时，湛森慵懒的声音从厨房外响起，李大厨伸头看了看，笑了起来。

"太好了，有爱人的鞭策，你才会进步神速，林林，你每做完一道菜，就让湛森做第一个品尝的人，肯定很快就能学会这些菜的。"

本来还昏昏欲睡的湛森听到这一席话，顿时清醒了过来，姚林林分明是个连饭也煮不熟的人，现在竟然要他试吃姚林林做的菜？

"我能拒绝吗？"

"那可不行，未婚妻学做饭，身为未婚夫的你肯定要第一个支持啊。"

第五章 我的美食修为

李大厨仍旧笑眯眯的。

姚林林和湛森对视一眼，都从对方的眼中看到了绝望。

在爷爷的强烈要求下，湛森默默地坐在了餐桌边，而姚林林则系起围裙跟着李大厨在厨房里乒乒乓乓地忙碌起来，不一会儿，她就端着做好的早饭出来了。

"这是……什么？"湛森面色难看地拿起筷子，看着盘子里一团黑乎乎的东西问。

"蛋炒饭……"姚林林讷讷地说。

湛森无语地抬头看了她一眼，在李大厨和爷爷严厉的监督下，颤抖地将筷子伸了过去。

姚林林实在是不好意思，忍不住开口："其实你可以不吃……"

话还没有说完，男生就往嘴里扒了一筷子饭，把她惊得目瞪口呆，正在心中暗暗佩服湛森的勇气时，只见他突然捂住嘴，一脸痛苦地站起身朝洗手间跑去。

姚林林和李大厨面面相觑，等湛森扶着墙走出来的时候，她忐忑地说："要不，我们还是算了吧……"

"不行！"爷爷义正词严地拒绝，"我们姚家的字典里，就没有放弃两个字！我决不答应！"

"林林，你去吧……我等你。"湛森灌了一大口热水，面色惨白地鼓励着她。

姚林林被他感动了，点点头："你放心，我会好好学的。"

二十分钟后，她又端着一盘比刚才颜色稍微白了一点的蛋炒饭过来了，他拿起筷子，小心翼翼地夹了几粒米放进嘴里……

"怎么样？"姚林林期待地问。

湛森很快咽了下去，神色晦暗不明地抬起头："还不错。"

"真的吗？"说着，她就要拿起筷子来尝，"我也试试。"

"不用了。"一只优美有力的手按住了姚林林，湛森的嘴角笑得有点抽搐，"相比上一次已经很不错了，我相信，李大厨多教你几次，你就可以出师了。"

"真的吗？"姚林林惊喜道。

"真的，你以后肯定会做得更好的。"

姚林林甜蜜地笑了起来，之后她又学做了几个菜，他每样都尝了一口，面色古怪地夸了两句，不过奇怪的是湛森说什么也不让她自己吃。

李大厨走了以后，爷爷笑眯眯地看着他们："饿了吧？小李做的这些东西，你们热热吃了吧。"

姚林林和湛森对视一眼，马上扑到了餐桌边！

吃饱了肚子之后，他们两人躺在沙发上休息，爷爷欣慰地看着他们："林林，湛森，你们现在感情这么好，婚事……"

他的话还没说完，姚林林就猛地从沙发上跳了起来："那个什么！碗还没洗呢！快快快！我们赶紧收拾！"

湛森也一脸配合地站起来，跟着她一起进了厨房，接着把厨房门一关。

"吓死我了……"姚林林背靠着门，"爷爷怎么突然提这个，还好我们

05

第五章 我的美食修为

跑得快。"

湛森站在她身边，他清俊的面庞上神色让人捉摸不透，过了好一会儿才微微点头："嗯。"

"哎呀，赶紧把厨房清理干净吧，我们吃得可真多。"说着，她开始动手收拾起一片狼藉的料理台来。

"咦？这是什么？"她才刚刚打开橱柜准备擦拭，忽然看到里面一堆粉红色信封。

"等等！"

湛森正要上前抢夺，但是已经来不及了，姚林林抽出其中一封打开，念了起来。

"湛森同学你好，我是经贸系C班的刘菲，写这封信是想向你告白，我喜欢你……"

"姚林林，我警告你，不要得寸进尺。"

湛森去抢姚林林手上的信封，可是她敏捷地闪开了，像条鱼一样灵活："湛森，看不出来你还有这样的癖好，专门把追求你的少女写的情书藏在这样的地方，怎么？难道你每天晚上睡不着的时候就跑过来偷看吗？"

"你好好瞧瞧，这些信封连拆都没拆，是我妈藏在这里的。"湛森咬牙切齿地说，找准一个机会，飞快地拽住了姚林林的胳膊，她冷不丁撞进他温暖的怀抱，淡淡的清香包裹着她，男生富有磁性的声音轻轻在她耳畔响起。

"姚林林，不要再挑战我的忍耐极限了。"

姚林林的脸一瞬间红到了耳朵根，手里的信猛地就被湛森给抢走了。

"哎呀！"忽然，推开厨房门的爷爷看到这一幕，惊叫一声，"你们继续，继续啊！"

他偷笑着关上了门，徒留下拥抱在一起的姚林林和湛森，两人对视一眼，都闹了个大红脸。

3

"你……你放开我。"

厨房里仿佛一下子升起了粉红泡泡，姚林林害羞地把脸埋在湛森的怀里，小声说，然而他像是没有听到一般，双臂环绕着她："那你还念不念我的情书？"

"谁稀罕念你的情书啊。"她一把推开湛森，随手拈起厨房里的垃圾袋，看也不敢看湛森，"我去扔垃圾了。"

说着，她飞也似的逃了出去。

分类垃圾箱就在家附近的街道旁，姚林林一边拎着垃圾袋，一边捂着自己心脏"怦怦"乱跳的胸口自己教训自己。

"不就是抱一下吗，你脸红个什么劲儿啊，真是没出息……"

她才扔完垃圾，一转身，就看到一个老婆婆在垃圾堆里翻来拣去，她衣服干净整洁，头发也梳得很整齐，怎么看也不像是一个捡垃圾的人。

见那个婆婆在垃圾堆里终于找到了一根烂了半截的香蕉，喜不自禁地正准备往嘴里塞，姚林林赶紧制止了她："婆婆，这里面的东西不能吃呢，太脏了！"

"可是我饿。"香蕉被人拿走，婆婆也不生气，只是像小孩子一样瘪起嘴来。

姚林林小心翼翼地问："婆婆，您是不是走丢了啊？您还记得家里的电话吗？我帮您联系家人好不好？"

"家人？"婆婆疑惑地看着姚林林，过了好一会儿，突然摇了摇头，"我饿了，我要吃东西！"

"好好好……"实在说不通，姚林林赶紧安慰她，"您跟我走，我家里有东西吃。"

说着，她就带着婆婆去了湛森家，回来后，姚林林发现湛森给自己留了张字条，说他送爷爷回医院了，不知道为什么，当看到家里没有这个熟悉的身影，姚林林心里有些空落落的。

她从冰箱里拿出吃剩的蛋糕和菜，热情地端到婆婆面前："婆婆，您吃这个吧。垃圾堆里的东西很脏的，不能吃，像这样干净的才可以吃呢！"

"我知道，我就是太饿了，我儿子也这么对我说过，可是今天我怎么也找不到儿子了……"婆婆一边狼吞虎咽地吃着，一边委屈地说。

吃得开心，老婆婆的话匣子也打开了，她开始跟姚林林说起了自己家的事，姚林林想问出老婆婆的家庭地址，耐心地陪她聊了半天。

初秋的阳光灿烂，送爷爷去医院回来的湛森站在自家别墅的院子里，隔着落地玻璃窗，看着房间里有说有笑的姚林林和婆婆，原本冷清的眼眸里绽放出柔和的光芒，嘴角也微微弯了起来。

问清楚了老婆婆的家人信息，把她送回家后，时间已经到了晚上。夜幕降临，姚林林嘴角噙着笑意回到家，就看到湛森正襟危坐在客厅的沙发上看着她。

一瞬间，她就想到了上午的那个拥抱，然后不由得脸红了起来："你回来啦。"

"嗯……"他深深地看着她，"今天下午的客人，很可爱。"

"啊？"姚林林没想到他全都看见了，赶紧解释，"那位是我在扔垃圾的时候遇到的老婆婆，你放心，我没有乱动你们家的东西，冰箱里的食材我也会重新买……"

"我饿了。"湛森打断她的话，"你可以做饭给我吃吗？"

"啊……好！"姚林林又惊又喜。

湛森主动要求自己给他做晚餐，难道她的厨艺已经突飞猛进，做个料理也可以受到追捧了吗？

姚林林既忐忑又兴奋，系起围裙开始忙活起来……冰箱里还剩下一点排骨和小菜，想要大露一手，只有这点菜可不行，她才走出门，就看到院子角落里长着一些小蘑菇，湛森的爸爸平时喜欢在院子里种点辣椒什么的，这些蘑菇应该也是他种的吧。

姚林林摘了点回去，打算弄一个红烧排骨和蘑菇汤，按照李大厨说的那些步骤，开始认认真真准备起晚饭来，湛森靠在厨房门边看着姚林林忙碌的身影，骤然生出一种幸福感，眼神变得更加温暖而炙热。

等到姚林林晚饭准备妥当，时针已经指向了晚上八点。

"抱歉抱歉，我实在是太慢了，你快吃吧。"

05

第五章 我的美食修为

她把菜端上桌,帮湛森舀了一碗蘑菇汤,这才坐下来和他一起吃晚饭。灯火明亮的房子里,餐桌上的饭菜散发着袅袅热气和诱人的饭菜香,顿时多了许多温馨的感觉。姚林林和湛森对视一眼,彼此都觉得现在两个人坐在一起吃饭,真的就像一对新婚夫妻般,甜蜜又和谐。

想到这个,两个人都不由得害羞起来,姚林林低下头去夹菜,湛森则把面前的那碗蘑菇汤喝了个底朝天。

"怎么样?"她满脸期待地问。

"还不错。"

湛森微微一笑,两人之间流转着暧昧的气氛,姚林林也喝了一口汤,明明没有放糖,却意外地喝出了甜蜜的味道。

吃完饭,姚林林坐在沙发上看电视,湛森自告奋勇去洗碗,半小时后他回来了,在她身边坐下。

忽然间,一股奇怪的视线锁定了她,姚林林再也没法集中精神看电视,转过头:"湛森?你怎么了?"

只见湛森直直地看着她:"林林,你头上怎么有两只犄角?"

"啊?"姚林林一愣。

"犄角……咦?你飞起来了?"他眼神迷茫地看着姚林林,接着突然挥了挥手,"你们这些小精灵压着我的翅膀了。"

姚林林现在的脸色简直可以用惊恐来形容,她紧张地伸出手,朝湛森眼前用力挥了挥:"湛森?湛森你怎么了!"

湛森没有回答她,他一直喃喃自语地冲空气说话!

姚林林吓到了，她猛地一下站起身来，打算拉住他好好问问，也不知是怎么回事，一瞬间就觉得自己头晕眼花，直犯恶心……这念头才刚起，姚林林就立马朝洗手间冲去，还不等她走两步——

　　"哇"的一声，姚林林吐了一地，双腿一软，坐在了地上。

　　4

　　"丁零零！"

　　正在这时，姚林林的手机突然响了起来，屏幕上跳动着林宝儿的名字，自从昨天她在社团开幕式上发了一顿脾气之后，就一直没有和姚林林联系过，而姚林林也因为一下子发生了太多事，没想起她来。

　　现在林宝儿在这个关键的时刻打来电话，她简直就像是看到了救命稻草一般。

　　"宝儿，快叫救护车，我……快死了……湛森他也疯了……"

　　姚林林说完这句话，头一歪倒了下来，再也没有力气握住手机，"砰"地一下把手机甩到了地上。

　　"喂！林林！说话啊？怎么了！这是怎么了？喂……"

　　林宝儿焦急的声音从手机里传来，可姚林林的意识却越来越模糊，越来越模糊……

　　她再一次清醒过来时，已经是深夜了，她看看头顶白花花的天花板，又看看睡在自己手边的林宝儿，一骨碌爬了起来："我这是怎么了？"

　　林宝儿被她的动静弄醒，慌忙坐起身来："怎么了……死丫头，你都快

把我急死了，你中毒了！"

"啊？"姚林林一脸发愣。

中毒？什么中毒？

"我听说了昨天的事，本来是想打电话道歉的，结果才接通你就说要死了！我吓得叫了救护车跑到湛森家！"林宝儿叉起腰来，板起脸训斥，"你们一个脸色惨白地倒在地上不省人事，一个坐在沙发上，跟得了神经病一样说什么屋子里有外星人……"

林宝儿一脸无语地说："我说，你那些毒蘑菇到底哪里来的？医生都说了，你俩这是误食毒蘑菇导致的中毒！你还好点，湛森都出现幻觉了！"

蘑菇……姚林林想起在院子里采的那些蘑菇，顿时一阵汗颜，原来那不是湛森爸爸种的吗？

她急忙关心地问："对了，湛森呢？他中毒很严重吗？"

林宝儿禁不住翻了个白眼，将身后的布帘一拉，湛森躺在隔壁病床上，从姚林林的角度看过去，现在的他苍白又虚弱，嘴唇发青。

"他啊，成了植物人了！"林宝儿没好气地说。

"什么？"姚林林一下子从病床上坐了起来。

"当然是真的……"林宝儿见她急成这样，黑白分明的大眼睛骨碌一转，窃笑道，"我来的时候听医生说了，他中毒太深，可能下半生都要在病床上度过了。"

"湛森……"姚林林信以为真，眼眶一热，大颗大颗的泪珠滚了下来，"呜呜呜……都怪我！早知道蘑菇有毒，我就不应该做那道菜啊！"

说到这里，姚林林顿时悲从中来，禁不住扑到湛森面前，抓住他的肩膀摇晃起来。

"湛森，你可千万不能变成植物人啊，这样我怎么对得起你爸爸妈妈啊？爷爷要是知道我把你害成这个样子该多伤心……"

姚林林哭得伤心欲绝，而不巧的是，湛森正好刚醒过来，却被她摇得五脏六腑都要散了……他在混乱中艰难地微微睁开眼睛，就看到姚林林哭成了大花脸，虽然要多丑有多丑，但是一股暖流却悄然地涌入他的心田。

没想到，这丫头居然会为了自己而这么不顾形象地哭泣，湛森想要微笑，可是他又很想逗逗姚林林，于是再度缓缓闭上眼睛，装作自己真的没有醒来的样子。

正在这时，季哲宇和夕柚米闻讯赶了过来，他们都听说姚林林出了事，吓了一跳，见姚林林扑在湛森的怀里哭得伤心，季哲宇皱着眉头上前问道："宝儿，他这是怎么了？"

"他们俩吃了毒蘑菇，食物中毒，湛森吃得多了些，这不还没醒嘛。"

林宝儿的话音刚落，姚林林的泪水再次泛滥，趴在湛森身上痛哭起来。

季哲宇一脸担忧地走到姚林林身边，扶住她的肩膀："林林，没关系的，你还有我呢，我一定找人治好湛森，你别伤心了……"

听到季哲宇的声音，原本躺在床上一动不动的"植物人"湛森突然睁开眼睛坐起来，抓住姚林林的手："笨蛋，我早就醒了！"

"湛森！"

顾不上多想，姚林林激动地一把抱住了他："太好了！你终于醒了！"

林宝儿拎起了自己的手包，打了个呵欠，说道："总算是醒了，我回家了，好困。"

在她身后，季哲宇露出了放心的表情，不过很快，这表情又被忧伤所取代，而他身旁的夕柚米则目不转睛地盯着季哲宇，眼神微微黯淡了下来。

出院以后，姚林林和湛森回家过了几天平静的日子，这天又接到了林宝儿的电话，她在电话里超兴奋地叫嚷着："林林！都大这次十周年校庆，放假三天！我已经约好张凡了，你叫上湛森，我带着张凡，我们来一场说走就走的旅行吧！"

能够有三天假期来玩耍，姚林林也很兴奋，她想到之前爷爷对他们的要求，说是她和湛森必须要有一次单独的旅行，就不禁微微有些心动。这段时间以来，她和湛森的关系融洽了不少，他是不是也知道学校放假的事呢？

晚饭时分，湛森从厨房里端出最后一盘菜，自从上次他俩食物中毒之后，他就再也没有让姚林林下过厨房了，而是自己琢磨着钻研做饭，从那之后，姚林林每天都会吃到可口的饭菜。

"湛森……"姚林林夹了一块红烧鱼，扭扭捏捏地开口，"之前爷爷不是说……"

"嗯？"湛森解下了围裙，坐了下来，"对了，学校十周年校庆，放假三天。"

"啊？"这下子，轮到她开始慌乱了，难道湛森知道自己要说什么？

然而他仿佛未曾发觉她的异样，只是一边吃饭一边说："爷爷不是说希望我们有单独的旅行吗？你先准备一下，我后天带你去潜水，一大早我们就出发。"

"哦……"姚林林咬着筷子，听到湛森已经默默安排好了旅游计划，不由得内心雀跃，原来在自己不注意的时候，他已经悄悄做了这么多。

吃完饭后，姚林林拿起手机给林宝儿发微信。

"宝儿，三天假期我和湛森不能陪你啦，我们约好去海边潜水了。"

"什么？森林夫妇就这样抛下了好朋友，自己去嗨皮了吗？"

接着，林宝儿发来无数个"愤怒"的表情，表达自己的不满。

姚林林叹了口气，解释他们曾经有过约定要一起旅行，这句话发出去之后，过了好久林宝儿都没有回信，疑惑之下她看了一眼朋友圈上林宝儿的更新状态，顿时瞪大了眼睛！

"哼哼……半夜高调秀恩爱，说什么放假要和亲爱的未婚夫去海边潜水，真是当我这可怜的单身人不存在呀！"

说着，林宝儿还附上了刚才自己和她的微信截图。

这个小混蛋……

姚林林瞬间双眼冒火，一个电话打过去："林宝儿，你是不是皮痒了，竟然发截图！"

"林林！季哲宇刚才评论了，说是他家的别墅就在海边，邀请我们三天假期去他家里玩！我们都去吧，朋友一起热热闹闹多好！"

此言一出，姚林林赶紧翻到之前的那条状态，果然看到季哲宇在下面的评论。

05
第五章 我的美食修为

"我家海边就有别墅，后天我请客，林林想玩潜水，我可以教她！"

接着下面是林宝儿的回复——

"好呀好呀！"

然后是夕柚米的"带我一个"，还有张凡的"这等好事不能少了我"，而最最令人没想到的是，居然连湛森都参与了进来，他发了个翻白眼的表情，加上一句"有我在，你没机会"，看得姚林林一阵脸红。

"怎么样？你们家大神都同意了，那就一起去吧！"林宝儿在电话里兴奋地说道，"我明天来和你一起挑泳装！我保证，把你打扮得天上人间第一性感！"

"哎呀，不要啦……"

人生第一次，姚林林羞涩地小声嗔怪着，露出从来没有展露过的青涩少女模样。

"哈哈！你就别装了，放心吧，我一定会让湛森看你看到发呆！"林宝儿发出一阵怪笑，就挂断了电话。

THE
LITTLE

SWEET
WEDDING

第六章

06

▶ 六人游

1

准备去海边别墅的前一天，林宝儿拖着行李箱来到了湛森家，姚林林一打开门，她就是一个熊抱。

"林林！这两天我买了好多比基尼，快！我都迫不及待要试一下了！"林宝儿说着把姚林林拉到房间里面去，打开行李箱，接着，琳琅满目，各式各样的比基尼就这样"哗啦"一下倒了出来。

"宝儿！你这也……"姚林林目瞪口呆，"你把商场里所有的比基尼都搬过来了吗？"

"哪有啊，只不过我看到这个也觉得喜欢，看到那个也觉得可爱，实在是不知道怎么挑，就都买下来了！快，我们来试试看。"说着，林宝儿就从箱子里拿出一套粉色的带花边裙摆的比基尼泳装。

姚林林拎起那几片布："宝儿，你确定这几根带子绑得住吗？这也太暴露了……"

"咱们青春美少女嘛，没什么露不露的，这个就很适合你，快换上让我看看。"林宝儿把比基尼塞到她怀里，就把她推到了卫生间。

过了好一会儿，姚林林才羞涩地出来了："这样还是不太好吧？而且我身材也不好……"

"哪里不好了！"林宝儿惊呼，她拉着姚林林转了几个圈，"我就觉得很好啊！性感又可爱！保管湛森被你迷住！"

一说到湛森，姚林林就绷不住了，张牙舞爪地朝林宝儿冲过去："快过来！昨天你发我截图的仇还没报呢！"

两个女生在房间里乱作一团，门却突然被打开了。

"姚林林，你这里有英汉字典吗……"

湛森的声音戛然而止。

姚林林和林宝儿保持着打闹的姿势，迟钝了好几秒，才想起自己现在穿着泳装，赶紧拿起枕头挡住自己，脸红地问："什……什么事？"

湛森绷着一张帅脸，看着眼前面红耳赤的姚林林："你们在准备明天的潜水？"

"是啊！"林宝儿代替姚林林回答他，"所以我们正在挑泳衣，准备惊艳全场！"

他闻言眼神暗了暗，视线转到姚林林身上："不好看。"

"啊？"姚林林没反应过来。

"你穿比基尼，不好看。"说着，男生便关上了门离开了。

姚林林呆立当场，小脸突然红得像大番茄，她赶紧冲到卫生间去换了回来："我就说不合适吧！真是的，我不穿啦！"

"喜欢就直说啊，耳根都红了，谁还看不出来似的！"林宝儿一脸莫名其妙，冲着湛森离开的方向做了个不屑的鬼脸，"林林！你们家湛森吃醋啦！他不想你穿这么好看给别人看！"

"才不是!"姚林林恼羞成怒地大嚷,"就是不好看!"

林宝儿也不知道说什么了:"好吧好吧,反正这几件我留在这了,明天穿不穿是你的事。"

她也不等姚林林出来,就拖着箱子出去了,经过客厅的时候看到湛森坐在沙发上看书,林宝儿径直走到湛森面前。

"我说……"她大大咧咧地开口,"林林这丫头缺根筋,你要是真喜欢她呢,细水长流可不行,得来猛的,直接点,懂吗?"

说着,林宝儿也不等湛森回答,就离开了。

湛森愣了愣,突然被教训了一顿,半天没有回过神来,他晃了晃神,从沙发上站起来,在自己的房里翻箱倒柜找出了一个袋子,而后去了姚林林的房间。

他倚在门口,扔给了姚林林一个袋子:"你明天就穿这个,其他的一律不许穿。"

说完,湛森也潇洒地离开了她的房间。

姚林林一脸懵懂地打开湛森给自己的袋子,顿时呆住了……与其说这是一套泳装,还不如说这是条黑色的裙子,居然还是短袖的,浑身上下遮得只能看见腿!

20世纪80年代的泳衣都没有这么老土,难道湛森就认为她适合这种吗?

看了又看,姚林林无语地把那泳衣收进了行李箱。

第二天一大早,季哲宇跑车的轰鸣声就到了湛森家门口。

姚林林看了眼手机,惊诧地说:"才六点啊!能不能让人睡个好觉!"

湛森端着热咖啡，也凑到窗前看了一眼，不管怎么说，季哲宇就是兴奋过了头，清晨六点就跑来接人，把哈欠连连的林宝儿，湛森和姚林林都接到海边别墅去度假了。

　　季哲宇家的别墅，真是面朝大海春暖花开，可爱的木质小洋房，屋前屋后都种满了鲜花，前院还有两架秋千，海风吹来，又舒服又惬意。姚林林来了才知道，原来温菡也来了，她是自己开车过来的，一袭玫瑰色长裙靓丽又婉约，姚林林看了眼身边的湛森，男生自然地和温菡打招呼，轮到她跟姚林林打招呼的时候，姚林林只是冲她笑了笑，她实在不知道该以怎样的心态面对温菡。

　　来度假的每个人都很开心，尤其是林宝儿见到张凡以后，一脸喜气洋洋，姚林林这次看张凡，好像也没有上次那样对宝儿不冷不热了，经过了这段时间在动漫社的相处，张凡好像发现了宝儿的好，眼睛总是黏在她身上，眼神也很温柔。

　　也许这次旅行，是宝儿的告白之旅吧。

　　夕柚米还是和季哲宇在一起，不管男生走到哪里她都跟到哪里，大家开心地在别墅里看了一阵之后，季哲宇突然露出了为难的神色。

　　"咱们有七个人，可是……这里只有六间房……"

　　大家都一惊，林宝儿问："没有两个人一间的吗？我们女孩子挤一挤也可以啊。"

　　"没有……"季哲宇挠了挠头，不好意思地说，"这个别墅是专门用来度假的，所以每个套房里都是单人床，这……"

　　"没事啦……"林宝儿一挥手，将姚林林推到湛森身边，"咱们这里有

135

一对已经订婚了，森林夫妇，反正你们也一起住了那么久了，这次就共住一间吧！"

"什么啊……"姚林林下意识要拒绝，可是一双有力的手却突然环住了她的腰。

湛森冲林宝儿笑了笑："恭敬不如从命。"

他低下头，迎着姚林林不解的目光，蹭了蹭她的脸，用只有她能听得见的声音说："放心，我会睡客厅的。"

姚林林一下子脸就红了，在外人看来，他们已经完全是一对浓情蜜意的小情侣了，温菡的眼底滑过一丝暗光，而季哲宇则有些淡淡的失落，夕柚米看着季哲宇，悄悄地捏紧了拳头。

"好啦！别在这里碍眼了……"林宝儿一把搂过姚林林，"赶紧去放行李吧，休息一下，我们就要吃晚饭啦！"

2

季哲宇家的海边别墅离市区很远，大家赶到的时候已经是傍晚了，选定房间放好行李，休息了一阵，就聚集在了楼下的客厅。见大家都饿了，姚林林提议自己做饭，湛森不放心地说要帮忙打下手，两人在厨房忙活了好几个小时，总算把晚饭准备好了。

"我可是经过了厨艺培训的！你们试试，肯定合胃口！"菜全都上齐了，姚林林开心地吹嘘。

"嘿嘿……不是又弄来了毒蘑菇吧？"林宝儿调侃地说。

"什么毒蘑菇？"张凡马上问。

林宝儿把上次湛森和姚林林食物中毒的事情说了出来，惹得大家一阵哈哈大笑。

　　"你不揭穿我能死吗？"姚林林悲愤地看着林宝儿，却只换来了她的无情嘲笑。

　　"能啊，宝贝儿，哈哈哈！"

　　"哇！好好吃啊！"正在大家的注意力都放在姚林林和湛森身上时，季哲宇突然大叫起来，他目光闪闪地看着姚林林，"林林，你的厨艺真好！"

　　"真的吗？"疑惑之下，大家纷纷拿起筷子夹菜。

　　"真的好吃，林林！"林宝儿夹了一大筷子鱼肉，"你不是放了方便面调料吧？"

　　"确实味道还不错。"

　　温菡也微笑着夸赞，张凡已经只顾着埋头吃饭，腾不出空来说话了，听到大家的赞扬，他也只能跟着竖起了大拇指。

　　"你们能喜欢就太好了……"姚林林高兴地说，"爷爷请来教我的大厨果然很厉害，我只不过学了一次，也算是出师啦！"

　　一旁的湛森笑而不语，这顿饭，其实基本上算是他动手做的。

　　酒足饭饱之后，夕柚米和张凡在厨房里收拾，等到他们收拾出来，外面的天都已经黑透了。

　　"人都到齐了，我们来玩游戏吧！"

　　季哲宇兴奋地提议，哪知道他话音才刚落下，整栋别墅突然"啪"地一下黑了，窗帘没有拉开，伸手不见五指。

　　"怎么了？"大家纷纷拿出手机。

06

第六章

六人游

137

借着手机手电筒的光，季哲宇出去看了看，回来说："停电了。"

"怎么才来就停电，哎呀，无聊死了。"林宝儿第一个抱怨。

"既然停电了，我们就回去休息吧。"温菡提议道。

"可是我怕……"夕柚米突然小声地说，她借着微弱的光往季哲宇身边靠了靠，"我怕黑……"

"哈哈，这样感觉好像小时候躲猫猫啊，灯关了的感觉就像是眼睛被布条遮住了……"

张凡的话还没说完，季哲宇瞄了一眼身边的姚林林，突然灵机一动，大声地说道："我知道了！我们玩捉迷藏的游戏吧！正好现在停电，用不着蒙眼睛。"

季哲宇的提议很快得到了林宝儿的赞同，姚林林正发愁和湛森一个房间怎么办，也赶紧说好，其他人也不反对，于是，一场摸黑捉迷藏的游戏就这样开始了。

游戏开始，第一轮是夕柚米当"鬼"来抓人，她倒计时的时候，大家纷纷找地方藏身，唯独姚林林因为刚才戴隐形眼镜太累了，于是取了出来，黑灯瞎火的，她回房间拿眼镜，好几次都差点摔跤。

"哎呀！"她着摸黑往前走时，突然一个趔趄，眼看着就要摔倒，一双有力的手忽然扶住了她。

"小心点，跟着我。"

耳畔传来了湛森低沉而富有磁性的声音，他轻轻地握住姚林林的手，动作温柔，姚林林的心里划过一股暖流，跟在湛森身边，果然安心许多。

不一会儿，林宝儿因为藏得不好，很快就被夕柚米找到了，理所当然，接下来就是林宝儿来抓大家了。

　　体验到第一次游戏乐趣的大家这一次玩得更起劲了，姚林林熟悉了别墅的格局，为了不让宝儿抓住，姚林林悄悄地移动着，终于找到了一个带窗帘的小露台，她藏到了窗帘背后，林宝儿没有跟过来，她松了一口气，可猝不及防间，忽然听到身边有人在小声叫她——

　　"林林。"

　　咦？这不是季哲宇的声音吗？

　　"季哲宇，你也在这里啊？"姚林林这时才发现季哲宇也躲在这窗帘后面，自己和他之间隔得很近，几乎能感觉到对方的呼吸声，姚林林不习惯地往后缩了缩，没想到却被他抓住了手臂。

　　"林林，我喜欢你。"季哲宇突然深情地说。

　　"啊？"姚林林吓了一跳，现在这个飘窗台上只有她和季哲宇两个人，她想躲也没办法。

　　"我喜欢你林林，你放弃湛森吧，每次看到你和他在一起我就好难受，我发誓，我会对你好的，好不好？"

　　姚林林没想到季哲宇会在这里向自己告白，一时之间不知道该说什么好，她愣了愣："季哲宇，你知道的，我只是拿你当朋友，而且你和夕柚米也订婚了，我能看出来夕柚米很喜欢你，你为什么不给她一次机会呢？"

　　"我不喜欢夕柚米，我心里只喜欢你，从第一次见你我就喜欢上你了，林林……"

　　季哲宇根本就不听她在说什么，只是一味倾诉着，眼看着他就要倾身来拥抱自己，姚林林正要拒绝，突然一股不知道从哪里来的力量，把她推到了

06

第六章

六人游

一边。

紧接着，灯亮了。

姚林林目瞪口呆地看着眼前这一幕，深情的季哲宇闭着眼睛，抱着面无表情的湛森，一边抚摸他的背一边说："我喜欢你，我真的好喜欢你，你接受我好不好？"

"哈哈哈！季哲宇，喜欢湛森也不用这么隐晦啊，告诉我们，我们不会歧视你的。"

被这里的动静吸引过来的大家看到这一幕，纷纷大笑，林宝儿甚至拿手机拍下了这感人至深的一幕。

季哲宇睁开眼睛，立马像躲病毒似的放开了他，湛森拍了拍他的肩膀："季哲宇，以后可别再这么莽撞了。"

季哲宇一瞬间羞愤欲死，大家你一言我一语的调侃他，气得他大叫："不玩了不玩了！没意思！我去睡了！"

说着，他就气冲冲地上楼去了。

夕柚米走到姚林林身边，好奇地问："林林，刚才你也在这里吗？"

"嗯，是啊。"姚林林回道。

夕柚米一瞬间明白了什么，脸上的神色微微暗了暗，但很快就又乖巧地说："林林，你也累了吧？赶紧回房去休息吧，我们明天再玩。"

"好的。"

被季哲宇这么一闹，大家确实玩的心思也没有了，各自回房，姚林林想到晚上要和湛森共处一室，上楼的脚步都迟缓了一些。

季哲宇家的别墅很大，每个房间几乎都是单独带客厅卧室和卫生间的套

140

房，但即便如此，姚林林也还是一阵脸红心跳，身后的湛森一直沉默地跟着她到了房间，把门关上后，就只剩下两个人了。

姚林林看了一眼套房里唯一的单人床，再看了看客厅仅供两个人坐的沙发，转头道："你睡得下吗？"

毕竟湛森也是一米八几的高个子，这张沙发不管怎么看，都不适合他的尺寸。

"睡不下的话……你要和我一起睡吗？"湛森淡淡地说。

姚林林一瞬间红了脸，慌张得差点咬到了舌头："不不不，我不是这个意思……"

湛森也没想到她反应会这么大，一时间也有些不知所措，两人就这样对视着，房间里弥漫着暧昧的气息。

"你需不需要洗澡？"还是湛森打破了沉默，尴尬问道。

"啊，对，我要洗澡，那个……"姚林林瞬间想起，她的衣服和湛森的衣服是放在一起的，现在打开行李箱，岂不是会被他看到自己的内衣……

"我下去拿点点心上来，我有点饿了。"仿佛看出了她的尴尬，湛森突然说。

等男生离开房间之后，姚林林这才迅速地打开箱子，把自己所有的贴身衣物都拿出来塞进衣柜里，做完这一切之后，她才感觉自己松了口气。

分明自己以前从不在意这些东西的，为什么面对着湛森的时候会这么害羞呢？

折腾到半夜，两人终于互道了晚安，但姚林林却在床上翻来覆去地睡不着。她突然觉得口渴，于是起床想倒水喝，到了客厅之后她才发现，因为他

们这边靠近一楼的花园，又没有提前关窗，夏天的蚊子到处"嗡嗡"地飞。

姚林林犹豫了一会儿，忍不住叫醒了湛森。

"林林？什么事？"看样子湛森被蚊子咬得没有睡好，睁开眼睛满眼的血丝。

"这里蚊子太多了，要不……"姚林林踌躇了一下，咬着唇，"你去房间里睡吧。"

湛森瞬间瞪大了眼睛，他看着姚林林："可以吗？"

"你就进来吧。"

姚林林害羞地说了句，就回了卧室，隔了一会儿，湛森就抱着枕头和被子进来了，两个人对视一眼，很快又互相错开视线。

姚林林钻进被子："我关灯了哦。"

"嗯，我打地铺。"湛森在地上铺好被子，低声应道。

灯灭以后，两个人都睁大了眼睛，盯着黑乎乎的天花板……这一夜，可真尴尬啊……

3

第二天，姚林林和湛森都红着一双眼睛出现在大家面前，一晚上两人都没有睡好，林宝儿见到姚林林的时候还问了一句："你怎么了？晚上被人打了吗？"

姚林林有气无力地看了她一眼。

令人期待的潜水活动即将开始了，大家坐上季哲宇的车，开去适宜潜水游泳的海域，姚林林和林宝儿正要找夕柚米，却发现她不知道什么时候和温菡的关系变得很好了，两个人形影不离的，好像有聊不完的话题。

林宝儿和姚林林都没有多想，跟着大家一起说说笑笑去了。

到了潜水的海域，大家都去更衣室换衣服，等到出来的时候，季哲宇看着姚林林的眼神都变了。

"林林……"还是张凡先忍不住开口，"你这……"

除了湛森之外，其余两个男生看着姚林林身上那件堪比连衣裙的泳衣，瞠目结舌——你见过女生穿连脖子都遮住的连体泳衣吗？

姚林林身上的泳衣就是这样，毫无美感，土到掉渣。

"林林……"温菡的脸色也有些怪怪的，"我看你平时品位都还不错，怎么会……"

说到这里，她又好心地提议："你要跟我去换一件吗？我带了多的。"

"哎呀，不用了……"林宝儿站出来打圆场，"咱们家林林穿得太暴露，某人可是会心疼的！"

说着，她有意无意地看了湛森一眼。

"没关系的林林……"或许是见大家都在打趣她，季哲宇首先站出来安慰，"你这样穿也很好看，在我眼里，你怎么样都美。"

"谢谢你。"

姚林林心情很糟糕，一脸郁闷地看了一眼湛森，他坦然接受了她的目光，而后用口型告诉她："好看。"

姚林林一瞬间心跳加速，急忙撤回目光，白皙的脸上微微泛红。

大家到了潜水区，跟着教练一起学习起浮潜来，正在学的时候，夕柚米突然叫了一声："咦？这是什么？"

06

第六章

六人游

大家正练习得热火朝天，没几个人注意到她的话，姚林林套着游泳圈在她旁边好奇地看了一眼，只见一个半透明的东西在海面上漂浮着，看上去像个塑料袋，却可以自由摆动。

"是垃圾吗？"

她嘟囔了一句，就要伸手去捞，忽然季哲宇猛地把她推开，自己却撞上了那个奇怪的"塑料袋"，"啊"地惨叫了一声。

"是水母！"

湛森眼尖地看过来，发出警示，顿时周围的人都散开来，季哲宇脸上露出痛苦的神情，那个"塑料袋"伏在他的手臂上，一动不动了。

"季哲宇！"姚林林着急地想要上前查看，却被突然窜出来的夕柚米一下子撞开。

"哲宇，你怎么样？"

大家都不潜水了，闻讯赶来的教练带着季哲宇到了岸上，用手套拿掉季哲宇手臂上的水母，接着用酒精冲洗，分离伤口上的毒液。

"没什么大事，但今天不能下水了，休息一阵吧。"

紧急处理完之后，又观察了好一阵，教练才得出最后结论，大家松了一口气。

"吓死我了……"林宝儿一脸后怕地拍着胸口，"没想到被水母蛰一下会这么严重。"

"没关系，我会保护你的。"张凡马上接道，惹得林宝儿幸福地看了他一眼。

"没事就好。"温菡也温柔地说，只有夕柚米一脸心痛地站在季哲宇的身边。

"哲宇，你要不要紧？我陪着你吧？"

"还好……"他的脸色有些差，"你们去玩吧，我没事的。"

就在大家都要离开的时候，季哲宇却叫住了姚林林，可怜兮兮地说："林林，可不可以请你陪陪我，你看，我都受伤了……"

"当然可……"

姚林林本想一口答应，却被湛森无情地打断了："我来照顾你，林林，你去跟大家一起玩吧。"

"喂！我没说要你照顾我！"季哲宇恼羞成怒地说。

"你是为了我的未婚妻受伤的，身为未婚夫，自然有责任替她照顾你。"湛森不容置疑地说。

"你……"季哲宇气得说不出话来。

"那我就走啦，季哲宇，你好好休息哦。"

姚林林本来也满怀愧疚，但想想之前在窗帘后面，要不是多亏了湛森，自己可能就要尴尬了，于是跟季哲宇打了个招呼，也离开了休息区。

不过，她发现林宝儿在正在沙滩边上跟张凡聊天，两人之间气氛不错，姚林林觉得自己这么找过去，有点像是电灯泡，而一转头又看到温菡在晒日光浴，大美女往沙滩上一躺，瞬间就有很多人搭讪。

"行了……"姚林林叹了口气，"干脆还是去找教练学浮潜吧。"

"林林……"她刚要走，身后传来夕柚米的声音，夕柚米手里拿着个游泳圈，"我们去游泳吧。"

"好啊！"姚林林爽快地答应。

"你们去游泳吗？"

正在两人开心地商量着去游泳时，温菡也走了过来，夕柚米高兴地一把抓住她的手："温菡姐，你和我们一起去游泳吗？"

因为湛森和温菡之前绯闻男女朋友的关系，再加上之前的种种误会，姚林林实在对温菡热情不起来，只能冲她礼貌地笑笑。

温菡也冲她笑笑，随即冲夕柚米道："我就不去了，日光浴很舒服，但是你们打算用游泳圈去游泳吗？"

"不用游泳圈那用什么？"夕柚米眨眨眼睛。

"笨呀……"温菡点了点她的额头，"救生衣啊，这样你们行动起来也方便，更不会被人当成小孩子一样看待，学起来也更快一点。"

"原来如此！温菡姐你好厉害呀！"夕柚米的眼里就差闪出星星来了。

温菡替她们两人挑选好救生衣，还仔细地说明了使用方法，夕柚米对她崇拜得不得了，姚林林也觉得她人很不错，摒弃了心里的芥蒂，冲温菡说了声谢谢。

"不客气，玩得开心。"

她朝姚林林微微一笑，漂亮的眼睛里却没有一丝暖意。

4

姚林林和夕柚米在海里玩得很开心，她只有在学校上游泳课的一点基础，借助着救生衣，也和夕柚米游得有模有样，两个女生越发胆大，玩着玩着，就远离了浅海区，等到姚林林感觉有点不对劲的时候，她们已经离人群很远了。

"林林！"夕柚米看着止不住往下沉的姚林林，大惊失色，"你这是怎么了？"

"我也不知道啊！"姚林林也很害怕，她的救生衣不知道出了什么问题，已经有一大半浸到了水里，"怎么办啊？"

夕柚米也慌了，她一边高声喊着救命，一边朝姚林林这边划，想要拉住姚林林，奈何她太着急了，划了半天还在原地打转，而姚林林扑腾着眼看就要沉下去了。

"救命啊！"

夕柚米急得眼泪都掉出来了，她冲岸边一边使劲挥手一边大声呼叫道，可是隔得太远，人们都没有听到。

"林林，林林……"夕柚米一边呼救一边叫着姚林林的名字，"你可别出事啊，救命！"

姚林林此时根本就听不见夕柚米在说什么了，她只觉得自己的身体越来越沉越来越沉，在水里扑腾着喝了好几口海水，浑身难受极了，就在她快要失去意识的时候，迷迷糊糊间，好像有人在水下给她做人工呼吸，几秒钟之后，姚林林像是突然之间重生了一般猛吸一口气，清醒了过来。

湛森焦急地捧着她的脸，给她做人工呼吸，姚林林从没见过他这么狼狈过，黑发被海水沾湿，一缕缕贴在苍白的脸颊边，见姚林林总算醒来了，他才安下心来。

"我……什么时候上岸了？"她疑惑地看了看周围，林宝儿他们的一脸焦急地站在自己身边。

夕柚米立马扑了上来，拼命道歉："对不起林林！我没想到会出这种

事，你没事真的太好了，呜呜呜……"

姚林林又呛出了几口水，赶紧安慰她："我没事我没事，还好湛森救得及时。"

"你的救生衣漏气了。"

她的话音刚落，身边的湛森就拿起她的救生衣，神情凝重地说。

姚林林低头一看，自己的救生衣上果真有几个孔，顿时惊奇道："我刚开始穿的时候没有的呀！"

"谁给你选的救生衣？"湛森声音冰冷地问。

姚林林心里一咯噔，顿时想朝温菡看去，可是她还没有动作，一旁的季哲宇就怒吼出声，劈头盖脸对着夕柚米一顿臭骂。

"夕柚米！你太过分了！明知道林林不会游泳，还带着她去那么深的地方，你脑子有毛病吗？"

"我没有！哲宇你听我解释……"夕柚米原本就被吓得六神无主，顿时更加慌乱得手足无措了，"我没有想到会出这种事，之前还好好的……"

"你当然会说之前还好好的，这么多年了，怎么永远学不会好好想想再做，我都要怀疑你是不是故意的了！"

"你说什么……"夕柚米后退一步，不敢相信地看着他。

季哲宇被她看得呼吸一窒，最后还是逞强地说："我说的没错，你明知道林林……"

"好了！"姚林林出声打断季哲宇，不想他再说出尴尬的话，"刚才的事是意外，谁都不想的，你别骂小米了，她也很难过！"

"不用你替我求情！"

哪知道姚林林才刚说完，就被夕柚米打断，她愤怒地攥紧拳头："你少假惺惺地帮我说话了，我不会领你的情的！"

　　"小米……"姚林林讷讷地看着她。

　　"反正在他心里，你永远都比我重要，永远！"

　　夕柚米哭着跑开了，留下姚林林坐在沙滩上，脸上满是错愕。

　　之后的一整个下午，姚林林都在房间里休息，直到傍晚时分，火红的夕阳渐渐落下了海平面，她才下楼。

　　一下来，她就看到张凡满腹心事地坐在客厅里，之前没来得及收拾，女生们都把包包放到了沙发上，姚林林正要问他有什么事，身后却传来了夕柚米的声音。

　　"林林，你没事了吧？"

　　"小米！"看到夕柚米主动和自己打招呼，姚林林很开心，赶紧抓住她的手，"你别在意季哲宇说的话，别生气啊。"

　　夕柚米冲她微微一笑，她的眼睛有些红肿，看起来像是哭过："没事的，应该是我道歉才对，无缘无故冲你发火，而且之前还差点害你淹死，我又急又怕……"

　　"我现在不是没事吗？"姚林林安慰她，"见到你真是太好了，原本我还想着去找你呢。"

　　"没事的……"夕柚米凄然一笑，眼神闪烁了一下，"林林，你帮我去房间拿一下眼药水好不好？我眼睛有点痛，我先回房间洗洗……你拿下来放在客厅的茶几上就行了，我出来就会用的。"

　　"没问题。"姚林林一口应下来。

　　她帮夕柚米拿眼药水下来，这个时候客厅已经没有人了，姚林林没有多想，把眼药水放在茶几上，就拿起自己的包打算去找大家，结果她才一拿起包，就从里面掉出一封白色的信。

　　"这是什么？"姚林林疑惑着捡起信封，上面一片空白，没有字迹。

　　她拆开信封，不看还好，一看顿时吓了一跳——这居然是一封情书！

　　姚林林心里"怦怦"直跳，这会是谁写给她的？难道是湛森？情书的末尾也没有落款，只说了看完信之后去海边的椰树林见面。

　　姚林林犹豫了片刻，心里抱着一线希望，决定去见一面。

　　海边的椰树林离别墅区不远，走大概十分钟就到了，夜幕降临时分，这里没什么人，椰树林前果然站着一个男生，看背影和湛森很像。姚林林屏住呼吸，海风吹来，椰树的清香味漂浮在鼻尖，四周很安静，只有远处传来的海浪拍打海岸的声音，以及三三两两的人们的欢笑声，这一刻周围的气氛都显得很美好。

　　"那个……"

　　姚林林轻声开口，面前的男生转过身来，接着，两个人的脸色都变了。

　　"姚林林？"

　　"张凡？"

　　打死姚林林都不会想到，被林宝儿暗恋着的张凡，竟然会给自己写了封情书！

　　"张，张凡……"姚林林已经吓得连话都开始说不清楚了，"你……你别误会啊，我告诉你，我是湛森的未婚妻！你这样做是不对的，你知不知道宝儿她……"

"这就是写给宝儿的！"

正在姚林林慌乱无措的时候，张凡突然闭上了眼睛，郁闷地低吼出声。

姚林林吓了一跳："什么？"

张凡看着姚林林，一脸丧气的表情："我也不知道为什么会这样，我明明是给宝儿写的，怎么会到了你手里啊。"

"那这么说……"姚林林眼睛一亮，"你喜欢宝儿？"

面前的男生有些羞涩，但还是很坚定地说："嗯！"

"那不就结了！"姚林林开心极了，"宝儿也喜欢你啊！你不知道吗？好早之前她就喜欢你了！"

"真的吗？"张凡喜不自胜。

"当然是真的啊！"她一拍胸脯，"我是谁啊，我可是宝儿的好闺密呢，她有什么事瞒着我的，咱们今天弄了个大乌龙，可千万别让宝儿知道，我们先回去吧。"

"好。"

说着姚林林便转身要走，可是猛地踩到了一根树枝，她"哎哟"一声差点摔倒，张凡赶紧上前来扶住她。

"没事吧？"

"没事。"

姚林林刚刚站稳，一抬头就看到前方站着一个人影，一脸伤心难过的宝儿悲伤地看着他们。

"宝儿……"

06

第六章

六人游

151

　　姚林林心里咯噔一下，可她还只来得及说出这句话，林宝儿就一转身，头也不回地跑了。

THE
LITTLE

SWEET
WEDDING

第七章

07

▶ 我可能不会爱你

1

"宝儿！"

姚林林也顾不上自己刚才扭了脚踝，赶紧朝林宝儿追去，没过一会儿，就在海边追到了她。

"宝儿！"姚林林抓住她的手，"你误会了！我和张凡不是你想的那样！"

"那你怎么解释情书的事？"林宝儿眼睛盯着她手里的情书。

"这封情书，根本就不是写给我的，我拿错了，宝儿，你相信我……"姚林林急得眼泪都要掉下来了。

"我怎么都不敢相信，我最信任的好朋友，却和我喜欢的人偷偷摸摸约会，如果不是亲眼看到，我也不会相信！"

林宝儿的眼底藏着深深的绝望和忧伤，姚林林被她那眼神刺得内心一痛，语无伦次地解释："宝儿，你相信我，我真的没有……"

"算了，你别说了，我什么都明白了……"林宝儿的目光停在姚林林身上，"我们这么多年朋友，我求过你什么吗？上次生日我告诉你，我喜欢张凡，可没想到，今天要不是小米告诉我，我还不知道原来你早就暗地里和他暗通款曲，还写情书，姚林林，你可真是耍的一手好心机啊！"

"小米？"姚林林疑惑不已，把信递给了她，"这跟小米有什么关系？我根本就没有耍心机，这封信是张凡写给你的！"

"哼……"林宝儿接过信来看了一眼，冷笑着说，"又没有署名，你要说是写给小米的，难道我也要相信吗？"

"真的不是写给我的！"姚林林大叫起来。

"不是？不是你去什么？你既然不知道是谁写的，为什么要去？我再也不会相信你了。"

林宝儿冷静地说完这句话，就头也不回地走了，她脸上的表情是那样令人陌生，就连张凡也不敢上前，冷冽的海风吹在姚林林身上，让她感受到了刺骨的寒意。

她没想到宝儿会这样误会自己，这么多年来她们吵过架，红过脸，但从来没有像这次这样，会互相伤害到这么严重的地步。姚林林满腹委屈，她怎么也想不通事情怎么会变成这个样子，为什么怎么解释宝儿都不听呢？

想到伤心处，姚林林忍不住坐在沙滩边，一个人崩溃地哭了起来。

"呜呜……"

"这是哪来的小狗在嗷嗷叫啊。"

正在这时，一个熟悉的声音从背后传来，低沉而富有磁性，姚林林在泪眼模糊中回头看到湛森，他不知道什么时候已经站在了她身后，眼神温柔而关切。

07

第七章

我可能不会爱你

不知怎么的，姚林林在听到湛森这句温柔的话语后，顿时哭得比之前更厉害了。

"湛森！宝儿误会我了……"

她呜咽着扑进湛森的怀中，把刚才发生的事原原本本地都跟他说了一遍，姚林林哭诉着："我没有和张凡在一起，也没有和他约会！可是宝儿……她却误会我……"

湛森轻轻地拍打着她的后背，说道："那你有没有想过，这或许不是一个误会呢？"

姚林林猛地抬起头："什么？不是误会？"

月光下，她的眼睛像是星星般闪亮，湛森不由得伸手刮了刮姚林林的鼻子，微笑着说："林宝儿跟你这么多年朋友了，怎么会轻易就误会你？一定是有人从中挑拨，你不是说情书是从你包里掉出来的吗？被人调包了也是有可能的。"

姚林林渐渐止住了哭泣，她有些不敢相信地说："你的意思是……有人陷害我？"

"这个很难说……"湛森看着她，"总而言之，哭也不能解决问题，最好的办法就是回去看看，当面对质，否则误会永远解不开，你就会一辈子成为哭脸猫。"

"什么啊……"姚林林被他打趣得红了脸，情绪果真好了很多，思路也清晰了，湛森说得对，她和林宝儿这么多年了，怎么还会因为这种事吵起来？中间一定有什么蹊跷才对。

这么想着，姚林林站起身来："那我们走吧，现在就去看看到底是怎么回事。"

看着她这么快重新变得信心满满，湛森不由得低声一笑，揉乱了姚林林的头发："嗯。"

两人朝别墅的方向走去，经过海边的小树林时，湛森突然停了下来。

"怎么了？"姚林林问道。

湛森冲她做了个嘘声的手势，拉着她到了僻静处，此时姚林林才看到，树林里站着林宝儿和夕柚米两个人。

"姚林林别看着好像傻愣愣的，其实可有心机了！你还记得上次社团开幕式吗？你走之后，姚林林说是你把大家的衣服剪坏了，还是我极力说服了大家，后来她在台上被所有人起哄，当时就把张凡心疼得不行。"

静谧的树林里传来一个刺耳的女声，姚林林瞪大眼睛，不敢相信地看着背对着自己的夕柚米，这样黑白颠倒的话，真是从这个乖巧可爱的女生嘴里说出来的吗？

"而且她嘴上说着不喜欢季哲宇，可上次那条项链，既然不喜欢季哲宇，为什么要接受呢？今天要不是我及时叫住她，真不知道她会跟张凡说些什么呢。"夕柚米添油加醋地说着。

"我不会再相信她了……"林宝儿悲伤地流着眼泪，"当初开幕式的事，我还很心疼她，后悔自己不该任性地离开，没想到她竟然在背后这样诋毁我。"

"对啊！"夕柚米随声附和，"她不是跟湛森是假的协议关系吗？你说

第七章 我可能不会爱你

要他们住在一个房间里，她也没有拒绝啊，我看她根本就是看着碗里的，想着锅里的，想要每个男生都喜欢她吧……"

姚林林气得浑身发抖，捏紧拳头就要站出来，却被湛森拉住了，他朝她做了一个"冷静"的口型，拉着她绕过这一片树林，朝别墅的方向走去。

"相信我，这件事会圆满解决的。"

2

回到别墅后，姚林林发现除了夕柚米和林宝儿，大家居然都在。

季哲宇一看到他们就问："怎么了？我们洗完澡下来才知道出事了，问张凡，这小子却什么都不说，究竟发生了什么事啊？"

温菡也面露焦急地站起来："湛森，林林，究竟怎么了？"

姚林林一看到季哲宇心里就堵得慌，想到夕柚米在小树林里说的话，不由得眸子暗了暗，没有答话。

"对啊，林林……"张凡一见到姚林林，就直接冲到她面前，"宝儿怎么样？你跟她解释清楚了吗？"

湛森拦在姚林林面前，居高临下地看着张凡，淡漠地说："等会儿她们就回来了，你自己去问比较好。"

"什么……"张凡听得一头雾水，正要问，却见林宝儿和夕柚米手拉手回来了。

林宝儿一看到姚林林，就装作没看见一般从她身边走过去了，对面的张凡正要和林宝儿说话，却被一个眼神给瞪住了。

"别碰我。"林宝儿冲张凡恶狠狠地说，一时间，张凡苦着脸，不知所措地愣在那儿。

夕柚米则径直走到季哲宇面前，冲他笑道："哲宇，你也在这里，晚上有什么安排吗？"

"季哲宇，林宝儿。"

还不等季哲宇回答，湛森突然出声叫了他和宝儿名字，林宝儿和季哲宇同时看向湛森。

"我有点事想找你们，可以出来一下吗？"湛森冲他们两个礼貌笑道。

"什么事？"林宝儿皱起眉头，明显不太想动。

"是啊，怎么了？"季哲宇似乎也有些疑惑。

湛森站在姚林林面前，他这个人，若是温和跟你说话，便能令人如沐春风，但若是收敛了表情，只一双眸子沉沉地看向你，便顿觉泰山压顶，即使心中无事，也会被盯得心虚起来。

"解决今晚的事。"他只是淡淡地说了一句话，其中蕴含的意味已经不言而喻了。

林宝儿和季哲宇只得跟他出去，姚林林和其余三人留在客厅内，姚林林走到沙发边坐下，夕柚米没有理她，径直去了温菡身边和她说起话来，只是她也不太自然，眼睛时不时朝外面瞟去，一副坐立不安的样子。

张凡也急得坐不下来，想要问问姚林林，可是她怎么也不开口，所以他只能在客厅里团团转，不一会儿季哲宇和湛森就进来了，几乎才一进门，夕柚米就马上站了起来，紧张地看着他。

07

第七章 我可能不会爱你

湛森的视线落在了姚林林身上，冲她露出一个放心的微笑："今天的事，我们找到解决的办法了。"

"什么办法？"张凡第一个问道。

夕柚米则站在原地，脸色瞬间苍白起来。

湛森微微一笑："季哲宇的父母很有安全意识，这别墅他们不常来，所以在房间的公共区域安装了摄像头，今天发生的事，调出监控就知道真相了，请大家耐心一点。"

说完这些后，他把视线转向林宝儿，薄唇轻轻抿了抿："你和林林这么多年朋友，我相信你也不会真的轻信别人的挑拨，等看完监控，再定她的罪，好吗？"

林宝儿被她说得面颊通红，不由得低下头去，有些后悔在海滩上跟姚林林说了那么过分的话。

一旁的夕柚米一听说这房子里居然有监控，一时间站立不稳，摔坐在沙发上。

"小米，你怎么了？"温菡见状立马问道。

大家的视线转向了夕柚米，她赶忙摆摆手，面色苍白地说："没，没事，我吹了点海风，有些不舒服。"

"那我去拿监控了。"季哲宇说着就要走。

"哲宇！"

夕柚米突然大叫一声！

大家都吓了一跳，季哲宇皱着眉看她："怎么了？"

她张了张嘴，过了很久才说："没……没什么，我想你帮我倒杯水。"

"你自己倒不就行了，我去拿东西了。"

季哲宇头也不回地走了，夕柚米坐在沙发上，讪讪地看着大家，然而这次姚林林不会再觉得她可怜了，很快季哲宇就把监控视频拿了过来，电视上出现了这两天大家在别墅的活动。

时间回放到今天傍晚时分，姚林林刚洗完澡从楼上走下来，却被夕柚米叫了过去，正在她背对着张凡和夕柚米说话的时候，张凡迅速地把一封信放进了林宝儿的背包，接着等姚林林走了之后，只有一个人的夕柚米，东张西望地靠近放包的地方，然后从林宝儿的包里拿出那封情书，塞到了姚林林的包里。

做完这一切之后，夕柚米离开了客厅，不到两分钟姚林林便下来了，拿起了包，那封信就这样掉了出来。

监控放到这里被暂停了。

林宝儿目瞪口呆地看着夕柚米，不敢置信地说道："小米！你，竟然是你……为什么……"

湛森和姚林林没有动，仿佛早就知道这件事一般，夕柚米现在面色已经惨白惨白的了，她颤抖着嘴唇："宝儿……"

然而她的话还没有说出来，就被湛森打断了。

"她利用你喜欢张凡的心思，把情书放到林林的包里，等他们在椰树林见面，又通知你去看，误会之后，再在你面前挑拨你们的关系……"湛森看了夕柚米一眼，嘴角浮起一抹冷笑，"只是我不知道，你这么针对林林的原

07

第七章 我可能不会爱你

161

因是什么？"

夕柚米看了湛森一眼，一副慌乱的模样。

"还是说……"湛森的眼睛眯了眯，"白天林林救生衣漏气的事，也和你有关。"

众人闻言，纷纷色变，都不敢置信地看着夕柚米。

"我没有！"夕柚米站起身来反驳，"信的事我承认，但救生衣不是我做的！那纯粹是意外！"

"够了！"

说这话是季哲宇，他怒气腾腾地看着夕柚米，满眼失望："夕柚米，我真没想到，你竟然是这种人，林林怎么你了？林宝儿和你有什么恩怨？你居然要做出这种事来……"

"你说我为了什么！"夕柚米突然厉声打断季哲宇，她瞪着他，那眼神里有愤怒，有委屈，更有浓浓的爱恋，"我为了你啊！"

"什么？"季哲宇愣了。

"我做的这一切，都是因为喜欢你啊……"夕柚米突然掩面哭了起来，她坐在沙发上，双手捂住脸，"我在你身边做了这么多，你还问我为什么，我们订婚的时候，我就喜欢你了，可是你呢？"

夕柚米说着抬起头来，愤恨地看着姚林林："我哪里不如她了？她只不过是帮你在学校后街解决了一件小事而已，你就又是送项链又是提供别墅给她玩的，你每天像只哈巴狗一样围在她的身边，可是她有正眼看过你一次吗？我不甘心，我怎么也不甘心，我要打败她，我要让她身败名裂，我想要让你看到，你的身边，不是只有姚林林一个人，你还有我，还有我这个未婚妻啊！"

夕柚米冲季哲宇大喊，客厅里的气氛顿时悲伤起来，大家似乎都被夕柚米那浓烈的感情给渲染了一般，姚林林心里甚至有些同情起夕柚米来。

"林林，对不起……"知道了事情真相的林宝儿走到姚林林面前，流下了悔恨的泪水，"我被感情冲昏了头，那些话……不是我真正的意思，对不起……林林……"

"没关系……"姚林林也哭了起来，误会过后的友情特别令人感动，她紧紧抱住林宝儿，哽咽道，"你以后可别再误会我了，你都不知道，我真的很伤心……"

"是，我错了……你打我骂我，我给你做牛做马，十辈子！"林宝儿哭着说。

3

"扑哧！"

姚林林被她给逗笑了，打了林宝儿一下，两个好闺密瞬间关系恢复如常，让一旁的湛森瞠目结舌。

刚才不还一副山崩地裂的样子吗……果真女生的心是海底针啊……

正在湛森感叹的时候，那边季哲宇说话了，他低头看着哭泣的夕柚米，脸上浮现出愧疚与怜悯交织的神色："夕柚米，我……对不起，一直以来都是家里逼着我和你在一起，所以每次看到你，我都会很烦闷，觉得这一切都

第七章 我可能不会爱你

163

不是我想要的生活，却没想到你的感受，真的很抱歉，夕柚米，无法回应你的感情……但是……"

季哲宇顿了顿："我喜欢林林，不是因为她救了我，而是因为在我看来，她代表着自由和美好，我喜欢她，因为只有在看到她的时候，我才能从我原本的生活中脱离出来，有一块真正放松的地方，所以对不起，夕柚米……我不会接受你……"

"我也不会接受你。"姚林林的声音响了起来，大家都看向她，姚林林放开握住林宝儿的手，走到夕柚米和季哲宇面前，她看着夕柚米，"小米，你在小树林跟宝儿说的话，我都听到了。"

姚林林深吸一口气："你说得没错，我不懂得拒绝别人，所以每次季哲宇要我做什么，我都会答应，今天，我正式在大家面前说明白。"

她看着季哲宇认真地说："季哲宇，我不会喜欢你的，以前不会，以后也不会，请你不要再喜欢我了。"

"林林……"季哲宇听着姚林林说出的这一席话，脸上露出苦涩的表情，"我……"

"哲宇！小心！"

就在季哲宇要向姚林林说什么的时候，突然地面开始微微震动起来，书柜顶上的装饰花瓶晃了晃，骤然间砸了下来，夕柚米一个箭步冲上去，把季哲宇推开。

"啪"的一声巨响，那花瓶就这样砸碎在了夕柚米身上，她一下子就晕倒了！

"夕柚米！"

大家顿时吓傻了，纷纷朝夕柚米这边跑过来，可是还不等每个人迈动步子，别墅再度开始摇晃起来！

"是地震！"温菡最先反应过来！

"啊！怎么办啊！"

四周摇摇晃晃的，不断地有灯饰和墙饰掉下来，林宝儿躲在张凡的怀里，大叫道。

"朝外面跑，跑得越远越好，海边地震极有可能引发海啸，咱们要尽量远离海边，朝空旷的高地去。"

这个时候唯一冷静的就只有湛森了，此时的他就像救星一样，大家闻言都快速行动了起来，季哲宇背着夕柚米，姚林林从后面扶着，打定主意，大家就一起朝外面跑去。

出来以后才知道，原来海边所有的人都从屋子里出来了，地面还在微微震动着，但好像影响不算大，然而在海边度假的人太多了，他们几个人才刚出来就被人群冲散，原本姚林林是被湛森牵着的，但不知怎么回事，她在路上被人撞了一下，就这样松开了手。

地震的幅度虽然不大，但果然引发了海啸，将这一繁华的海边别墅淹没，闻讯赶来的新闻媒体和救护车警车遍布了这块区域，姚林林被安排在了就近的医院，她没有受伤，却一出来就四处寻找湛森。

姚林林第一次知道，如果这个世界上没有湛森，她会有多焦急。

姚林林一个病房一个病房地找，一个护士一个护士地问，就在她遍寻不

到湛森，正准备要回到海边别墅找他的时候，在医院的忙碌的走廊处，两人相遇了。

"湛森！"姚林林顿时眼泪都流下来了。

"林林！"

两个少男少女，穿越忙碌的人群，欣喜而感动地飞奔而至，紧紧拥抱在了一起。

这一刻他们才终于明白，对方对自己而言，有多重要。

湛森一直和其他几个朋友在一起，他带着姚林林出现在众人面前，林宝儿第一个冲上来抱住了她。

"吓死我了，没找到你，我还以为你出事了……"

姚林林拍了拍她的背，轻声安慰："好啦好啦，你看我这不是没事吗？别担心了。"

安慰完林宝儿，姚林林朝夕柚米的病床上看去，她的头部被纱布包着，紧闭双目，眉头微微皱着，季哲宇守在夕柚米的床边，姚林林过来了他也没有起身，只是拉住她的手专注而认真地看着她。

"她怎么样了？"姚林林走到季哲宇身边问道。

季哲宇偏头看了下她，冲姚林林点了点头，说道："只是昏迷，没什么大碍。"

"那就好。"姚林林放心道，"你也别太担心了，你是不是一直没休息？要不要休息一下？"

季哲宇摇了摇头，他看着夕柚米，眼底涌现出愧疚："是小米救了我，要不是她，我可能就被花瓶砸中了……我真是太笨了，身边一直有个人这样真心地对我，我却还要去寻找什么自由的爱，其实，就算是家里安排的又怎样，只要我们两个幸福不就好了吗？我真是太傻了……"

听着季哲宇幡然悔悟的话语，姚林林拍了拍季哲宇的肩膀，脸上露出欣慰的笑容，这个任性的男生，总算知道在他的生命中谁最重要了。

大家因为这次事故受了不小的惊吓，大家在一起聊了一阵后，又都累得睡着了，季哲宇也趴在夕柚米床边睡着，姚林林就坐在床头照顾夕柚米。

"林林……"

大半夜的，夕柚米悠悠转醒，她看到大家横七竖八地睡在病房里，只有姚林林熬着通红的眼睛在帮她看着点滴，时不时帮她掖一下被角，探探她的体温。

她的眼眶有些发热，分明自己之前都对姚林林做了那么过分的事，姚林林却还是愿意照顾她，夕柚米心里既感动又愧疚。

"小米，你醒来啦？"姚林林看到夕柚米醒来很高兴。

"嗯……"夕柚米抱歉地看着她，"谢谢你，林林，要不是我……"

她说到这里呜咽起来，愧疚极了："我没想到你还愿意理我，照顾我，林林，我真是太对不起你了。"

"哎呀！你别哭啊，你都受伤了，情绪不宜太过激动……"姚林林一见她哭就慌了，忙不迭地拿纸帮她擦眼泪，"其实我确实很生你的气，你明明说过想要和我做好朋友的，可是没想到却这么处心积虑地来对付我。"

07

第七章　我可能不会爱你

"对不起。"

"但是……"姚林林微笑着拉住她的手，"你为什么不早跟我说呢？你喜欢季哲宇，我和宝儿会帮你的啊，他靠近我让你感到不舒服，你直接和我说就好了。"

"林林……"夕柚米被姚林林一席话说得眼泪都下来了，她抓住姚林林的手，急切地说，"你愿意原谅我吗？都是我的错，我真的没什么朋友，所以害怕把自己的真实想法说出来……我是真的羡慕你和宝儿的友情，你们那么亲密，我也想拥有这样的友情……但是我又害怕，怕我说出我心底里的那些阴暗的想法，你们会讨厌我……"

夕柚米一边说，一边胸腔剧烈起伏着："林林，真的对不起，我还是……希望你们可以原谅我，我保证，以后再也不会了，即使季哲宇喜欢的人是你……"

"他喜欢的人是你哦。"姚林林微笑着打断了她的话。

"啊？"泪眼婆娑的夕柚米不解地看着她。

姚林林冲她身边睡着的季哲宇抬了抬下巴："可惜你刚才没听到，他现在可喜欢你了，因为你救了他，让他知道谁才是对他而言最重要的人。"

"怎……怎么会？"夕柚米的脸色既激动又害羞。

"事实就是如此啊……"姚林林抽出纸巾帮夕柚米擦眼泪，"我如果没有原谅你，是不会来照顾你的，小米，我们以后还是好朋友，但是答应我，以后如果你再有什么事，一定要和我们说可以吗？如果你自己都不愿意去表达，那谁又会真的知道你的想法呢？"

夕柚米不敢置信地看着姚林林，随后一行清泪流了下来，她重重地点头："嗯！"

　　姚林林和她相视一笑。

　　随后姚林林把大家叫醒来，告诉大家夕柚米醒了，季哲宇第一个冲上去抓住夕柚米的手，想了一会儿觉得有些不好意思，又放下了，他挠了挠头："小米，我去给你买吃的。"

　　"嗯……嗯。"夕柚米也有些不好意思，这下她才真的确定，季哲宇已经对她上心了，不由得有些娇羞。

　　等到季哲宇出去后，夕柚米找到了林宝儿，正想要开口，却见女生大手一挥。

　　"林林都跟我说了，说不怪你都是假的，害我差点失去一个这么重要的朋友！"

　　夕柚米的表情瞬间又变得苦涩起来。

　　"不过……"林宝儿抱住夕柚米的肩膀，豪爽道，"知错能改善莫大焉，咱们前嫌不计，以后就是真正的好朋友啦。"

　　"嗯！"夕柚米再一次感动大哭！

　　"看！有烟花啊！"

　　正在两人说话的时候，林宝儿突然指着窗外道，吸引了所有人的视线。

　　离医院不远的江畔，许多烟花在天空中美丽绽放。

　　"我们去天台看吧！"林宝儿提议道，说着拉着夕柚米和姚林林率先走了出去。

07

第七章

我可能不会爱你

　　到了天台，大家都沉浸在烟花的绚烂里，只有姚林林，才上天台，就看到湛森和温菡早就上来了，他们站在天台的另一边背对着他们，姚林林的眼神微微黯了黯。

　　"温菡，我很感激你对我的喜欢，但是，我心里已经有了林林了，所以，非常抱歉。"

　　隔得不远，姚林林听到湛森用抱歉的语气冲温菡说着，远处，又一束烟花在天空中盛放，她转过身去，看着满天美丽的烟花，绽放出了今夏最美的笑颜。

　　4

　　从海边度假回来，姚林林和湛森累得躺在沙发上没法站起来，这次旅行除了成就了林宝儿和张凡，夕柚米和季哲宇这两对之外，简直就是死里逃生，姚林林正在感叹家里的生活有多舒适，包里的手机便响了起来。

　　"林林啊！"姚林林一接通电话，手机里就传来许久没有联系的爷爷的声音，"我已经和福利院联系好了，现在他们有个'三日父母体验'的活动，我已经替你和湛森报名了，你们准备一下，就去福利院参加活动吧。"

　　"什么？爷爷，可是我们才刚从……"

　　姚林林的话都没说完，爷爷就把电话就挂断了，一旁的湛森好奇道："怎么了？爷爷说什么？"

　　"他要我们去福利院参加父母体验活动，而且听他的意思是现在就走……"姚林林垂头丧气地说道，"可是我都快累死了……"

"再累也要去，这是爷爷交代的，"湛森起身拉着姚林林起来，"走吧，免得爷爷又来查岗。"

姚林林闻言赶紧站起来，她最怕爷爷查岗了，要是他们没有按照爷爷的要求去做，老爷子还不知道会发什么脾气呢。

两人很快就到了爷爷指定的福利院，院长因为身体抱恙没在，副院长接待的他们，姚林林看着福利院里那些没有家庭关爱的孩子好奇地看着他们，忍不住心里一软，把特意去商场给孩子们买的玩具拿了出来，大家一看到玩具都很开心，但是碍于副院长和老师们，都只是流露出渴望的神情，没有朝姚林林这边走过来。

"咱们福利院这段时间太忙了，几乎每天都会有好心人来参加我们的父母体验活动，你们今天来得巧，恰好只有你们一对……"副院长是一个和蔼可亲的老太太，看到姚林林和湛森特别高兴，忍不住跟他们说了很多，"像你们这样年轻的夫妻，还愿意来参加我们的父母体验活动，真是太好了，你们一定可以和孩子们玩到一起。"

副院长一席话把湛森和姚林林都说得有点不好意思了，两人彼此对看一眼，都有些羞涩。

"就是这里了……"副院长把他们带到一个幼儿班，跟他俩说道，"院长身体不好住院去了，福利院的事情太多了，我接到你们爷爷的电话，负责接待下你们，现在也要去忙自己的事情了，你们就受累帮老师一下，然后看哪个孩子喜欢你们，再让这孩子和你们体验三日父母吧。"

说着，副院长就把湛森和姚林林介绍给班上的老师，湛森和姚林林面面

171

相觑，但还是接下了这个任务，老师走上讲台。

"孩子们，这两位就是我们今天的三日父母体验的爸爸和妈妈，今天他们会和大家相处一天，希望大家可以好好欢迎这两位爸爸妈妈哦。"

孩子们大多很乖巧地应了声"好"，而后好奇又热切地看着姚林林和湛森，姚林林从来没有被这么多的小孩子这么看着，不由得有些不好意思。可是就在她视线扫过那群孩子的时候，一双锐利的小眼睛却突然吸引了姚林林的视线，那是个长得特别可爱的女孩子，但不知道为什么，当姚林林看到那个小女孩的眼神的时候，却觉得她的目光透着超越年龄的成熟，看着自己的时候也很坦荡，完全不像是一个小孩子看大人时该有的眼神。

姚林林觉得，这或许是个很有个性的女孩子。

"老师老师！"果然那小女孩举起来手提问了。

老师看到那个小女孩举起手来，不知怎么的，脸上出现一丝抗拒的神情，但她还是微笑着道："怎么了，哆哆？有什么问题吗？"

姚林林看到那个叫哆哆的女孩站了起来，她傲慢地看了一眼姚林林："新妈妈和新爸爸站在一起一点都不般配，我可以只要求跟新爸爸吗？"

"这……"

大家显然都没有想到，一个看上去才七八岁的小女孩竟然会说这样的话，老师抱歉地看了姚林林一眼，强笑道："新妈妈和新爸爸是夫妻，要是哆哆喜欢新爸爸的话，也要学会去接受新妈妈哦。"

小女孩站在位子上扫了姚林林一眼，姚林林顿时像是接受审阅般，脊背不由得挺直了一下，接着就看到她一言不发地坐下去了。

老师抱歉地冲姚林林和湛森笑笑："老师现在有事出去一会儿，新爸爸和新妈妈给大家带来了很多小礼物，大家要好好和新爸爸新妈妈相处哦。"

大家一听有礼物，顿时双目放光，兴奋起来，一齐大声说好。

看到大家这么热情，姚林林原本紧张的心也不由得放松下来，老师离开后，姚林林提着礼物袋走上了讲台。

"小朋友们，妈妈……"姚林林差点咬到了自己的舌头，她看到湛森看着自己的眼神带着几分捉弄，不由得改了口，"我给大家带了很多的玩具，现在请听到名字的小朋友来拿自己的玩具哦。"

接着湛森在下面维持秩序，姚林林则在讲台上分发玩具，等到大家都把玩具拿到手之后，每个人都很开心，有几个懂礼貌的小朋友还跟姚林林说"谢谢妈妈"，让姚林林很高兴，可是就在气氛一派大好的时候，教室里突然传来了一阵叹息声。

姚林林闻言看去，哆哆怀里抱着一个洋娃娃，可爱的脸上满是苦闷："要是这些玩具是我亲生爸爸妈妈送给我的就好了，为什么我们都没有爸爸妈妈呢？为什么妈妈要抛弃我们？难道就是因为我们是不可爱的小孩吗？"

原本还热热闹闹的教室，突然之间就安静了，那些原本因为得到了新玩具而高高兴兴的孩子，瞬间脸就垮了下来。

姚林林和湛森不知所措，突然，小小的抽泣声响了起来，接着，第二个人、第三个人……紧接着，全班的孩子都哭了起来！

"孩子们，孩子们！"姚林林朝罪魁祸首哆哆看过去，令人惊奇的是，这个小女孩竟然没有哭！姚林林都快震惊了！

07

第七章

我可能不会爱你

她只能不停地安慰大家："不是的，即使大家的爸爸妈妈抛弃了你们，但你们还是会得到许多许多的爱，这个世界和社会给你们的，绝对不会比你们的爸爸妈妈少，你们一定会找到很好的新爸爸和新妈妈的！"

5

"真的吗？"有孩子抽泣着问姚林林。

姚林林赶紧点头："当然是真的啊，你们相信我，现在福利院的三日父母体验，不就是为了让大家可以找到一个幸福的家吗？我答应你们，要是每个人都可以找到幸福的家，找到爱你们的爸爸妈妈，我再给你们买一次玩具，好吗？"

教室里的哭泣声逐渐止住了，有孩子擦了擦眼泪问："那我们会有像你们这样的爸爸妈妈吗？"

"当然！"姚林林赶紧回道。

教室里因为姚林林的话语而再次恢复平静，大家都破涕为笑，小脸上涌现出希望的光芒。

"唉……"

正在姚林林松口气的时候，哆哆再次叹了一口气。

姚林林惊恐地看着她，她现在总算明白刚才那个老师回答哆哆时为什么神色不自然了，因为这个小女孩，真的太难伺候了！

"哆哆……"姚林林想要阻止她开口，但是已经晚了。

哆哆站起身来，环视了众人一圈，脆生生地说："即使找到了新的爸爸

174

妈妈又怎么样，我们这里，因为各种原因被送回来的小孩子，还少吗？"

一石激起千层浪，本来情绪稳定了的小孩子们，顿时再一次哇哇大哭了起来！

"哆哆！"就算姚林林脾气再好，都无法忍耐了，这个小女孩，分明就是来拆她台的啊！

哆哆被叫了名字也一点都不怕，反而瞪大眼睛直视着她，一副不服输的表情，姚林林都不知道自己是哪里得罪这个小女孩了。

老师很快就闻讯赶来了，看到教室里的状况，很快就明白过来发生了什么事，不由得冲姚林林歉意地点点头，而后赶紧投入到安抚孩子们情绪的工作中。

经过一段时间的观察，姚林林发现哆哆真的是个很喜欢恶作剧的女孩子，随手抽掉小朋友的小板凳让小朋友摔跤啦，把老师的长头发用胶带粘在课桌上让老师掉头发啦，或是粘胶水在粉笔上，让老师没办法丢开粉笔等等……都让姚林林深觉这个小女孩简直就是撒旦转世，恶魔重生。

姚林林甚至为了救一个小朋友幸免于难，抢下哆哆送给那个小朋友的礼物，不小心打破了窗户，手指擦在玻璃上划破了皮，然而哆哆却一脸毫无愧疚的样子，仿佛姚林林受伤是她自找的一样。

"你不要再跟着我了好不好！"

终于，在姚林林第N次打破了哆哆的恶作剧计划之后，在福利院的水池边，哆哆恶狠狠地冲姚林林吼道。

"不行……"姚林林不甘示弱，"你现在做的都是错的，我不能让你这

样继续错下去。"

"只是开玩笑而已！再说了，他们那么蠢，就应该有人给他们上上课！这个世界是没这么天真的！"哆哆说出来的话完全不像个小孩子。

姚林林不知道她以前经历了什么，但她听到这样的话，就本能地反驳："这个世界没有所谓的谁比谁更聪明，同样的，你也没有资格去评价别人的智商，哆哆，你这样下去，会没有人爱你的！"

最后一句话仿佛戳中了哆哆的内心，她明显地颤抖了一下，但随即更加恶狠狠地看着姚林林："好啊，你要当好人，你喜欢当好人是不是？"

说着她笑起来，抬高下巴问姚林林："你会游泳吗？"

姚林林愣愣的："不会……"

下一秒，哆哆转身便跳入了她身后的水池，姚林林大惊失色！想也没想，就跟着哆哆一起跳进了水池！

直到这时，她才想起来自己是不会游泳的，反而是哆哆，看到姚林林跳下水后，自己竟然优哉游哉地爬上了岸！

姚林林拼命呼救，幸好湛森及时赶到，跳下水去救了她，否则后果不堪设想。湛森抱着溺水的姚林林从水池里出来，他面无表情地瞪了站在远处的哆哆一眼，而后抱着姚林林去了休息室。

"湛森，可以了，放我下来吧。"姚林林浑身湿漉漉地躲在湛森的怀里，承受着来自全福利院的目光，到了休息室之后，不由得脸红道。

湛森低头看了她一眼，依言放了她下来。

"干净的衣服在浴室，你去换了出来，我帮你吹干头发。"湛森的语气没有多少起伏，但是姚林林却听出了他话语里的担心和宠爱。

姚林林换好衣服出来，听话地把吹风机给了湛森，男生此时也换好了衣服，拿起吹风机给姚林林吹起了头发。温暖的热风在姚林林头发上吹拂着，感受着湛森修长的手指穿梭过她的头发，男生的气息离她很近，姚林林感觉自己心跳在加速，脸也不由得越来越红。

好一会儿之后，姚林林的头发吹干了，她脸红红地看着湛森，男生冲她温柔一笑："下次别这么拼命了，我会担心的。"

事情后来还是湛森出面才解决的，哆哆虽然认错了，但也提出一定要和湛森在一起，副院长见哆哆这么喜欢湛森，就同意了她要求的姚林林和湛森做她的三日父母。

听到这个消息，姚林林心里是不乐意的，她和哆哆实在是不对付，而且这个小女孩太喜欢恶作剧了，完全是没下限的那种，这让她怎么都没办法去接受哆哆。

但是副院长找到了她，慈祥的老太太说起哆哆，眼底闪过一丝心疼和怜惜："哆哆啊，其实是个好孩子，只是她小小年纪，经历了太多。"

姚林林瞪大眼睛询问是怎么回事。

副院长看了她一眼，道："别的孩子从小就被父母抛弃或是从来没有见过父母的面的，倒也没什么，但是哆哆不一样，她是被亲生父母养到三四岁，已经开始记事的时候被扔到了游乐园……后来，她也被一些志愿者带回去过，但那些志愿者，要不然就是自己无法生育，结果养了哆哆后突然怀孕了，要不然就是离婚收场，纷纷把她送了回来，次数多了，这孩子也养成了

07

第七章

我可能不会爱你

凡事都喜欢怀疑和抵触的性格。"

　　姚林林的心被狠狠触动了，副院长叹了一口气："哆哆最后一次回到福利院之后，一年多没有开口，刚开始还会问我们爸爸妈妈什么时候来接她，后来她等久了，慢慢也不问了，我们只希望，她经历了那样的事情，还能够快乐幸福起来，用微笑忘掉从前的黑暗，所以你别看现在她这样恶作剧，其实对我们来说，已经是很欣慰的成长了，所以林林……"

　　副院长抓住姚林林的手，语重心长道："这个三日父母体验，我希望你们可以和哆哆好好相处，她这么喜欢湛森，你们一定有法子让她真正学会接纳这个世界的。"

　　望着副院长那殷切的目光，姚林林心里也对哆哆充满了同情，她毫不迟疑地点头道："副院长，您放心吧，我一定会好好对哆哆的！"

THE
LITTLE

SWEET
WEDDING
/

第八章

08

▶ 三日父母初体验

1

湛森和姚林林带着哆哆在福利院办好手续就回家了，回家路上哆哆一直粘着湛森，不管姚林林怎么讨好她都没有用。

当然，这样的效应也奏效在哆哆身上，从她被姚林林和湛森接走的那一刻起，湛森就没有正眼瞧过这个小姑娘，不管哆哆在他面前怎样表现自己，怎么和他搭话，都起不了半分作用。

最后哆哆终于泄气了，抱怨道："你为什么老是不理我！"

湛森斜睨了她一眼，淡淡地说："你不理我老婆，我也不理你。"

坐在后座的姚林林闻言，顿时脸都红了，哆哆也愣了一下，接着她问道："你说的是真的？"

湛森点头："嗯。"

哆哆不死心又问："你就这么喜欢她？"

湛森从后视镜里看了姚林林一眼，再度点头："嗯。"

语气就好像在讨论今天早上吃鸡蛋一样的自然，但听在姚林林的耳朵里，却好像是炸雷一样让她一瞬间手足无措，坐在副驾驶座上的哆哆转过头来盯着姚林林看了良久，就在看得姚林林心里发毛的时候，她突然冲姚林林伸出手来。

"我们和解吧，从今后你就是我的新妈妈啦！"

姚林林受宠若惊，连忙伸出手握住哆哆的，惊喜地说："真的吗？哆哆！我以后一定会好好照顾你的！"

"什么嘛……"哆哆眼里似乎闪过一丝悸动，但是很快又消失不见，她撇了撇嘴，嘟囔了一句就转过身去了。

姚林林从后视镜里看了看湛森，男生仍旧是那副气定神闲的模样，让姚林林不禁怀疑男生之前说的那些，究竟是为了帮她解围还是真心话，然而还不等姚林林继续深想，哆哆的声音便打断了她。

"大熊！是大熊啊！"哆哆指着车窗外的一个橱窗，大声嚷着，"我要下车！快！湛森爸爸，快下车，我要去买大熊！"

湛森没有办法，只得缓缓停下车，带着姚林林和哆哆到有大熊的地方，走近了他们才发现，这里原来是一个日料餐厅，橱窗里的大熊是奖品，必须参加他们的大胃王比赛，并且得到冠军才能拿到大熊。

"啊？"哆哆知道事情的始末之后，禁不住长长地叹了一口气，她眼巴巴地望着橱窗，"可是我真的好喜欢这个大熊啊……"

一米高的大熊玩偶摆在橱窗里，微笑地望着外面的哆哆，好像在跟她说它会是她最好的朋友一般。

"好想要啊……我以前也有个这样的大熊，后来……"

哆哆没有说下去，因为姚林林已经双手握拳，大声吼了出来——

08

第八章

三日父母初体验

"我帮你！"

哆哆和湛森一脸难以置信地看着姚林林的小身板，再看看店家摆在外面参赛的那足足有十斤的寿司和拉面……

"林林，你要不要再考虑下……"湛森试图劝劝姚林林。

"不，我要给哆哆赢下大熊！"姚林林大手一挥拒绝了他。

就这样，姚林林去参加了日料餐厅的大胃王比赛，第一轮就是一大盆的拉面，姚林林因为肚子饿，把面吃光了，战胜了百分之七十的人。第二轮是天妇罗，就是油炸食品，老板给每个人上了足足三人的分量，这次姚林林战胜了剩下的人。最后一轮的时候，就只有她和一个大胖子了，然而此时的姚林林，已经吃得有些站立不稳了，湛森担忧地看着她，想要阻止她继续下去，却被姚林林拒绝了，她参加了第三轮。最后一轮老板仁慈了一些，只有二十个寿司，吃完并且吹一声口哨就算得胜。

湛森眼睁睁看着已经完全塞不下任何食物的姚林林，将那些寿司一股脑地塞到嘴里，就在吃最后一个寿司的时候，大胖子终于忍受不住，跟跄了几下倒下了，姚林林硬撑着吃完最后一口寿司，在老板宣布她获得胜利后，迅速跑去了洗手间。

在洗手间里呕吐完之后，姚林林面色苍白地出来，从老板手里接过大熊，哆哆站在她身后。

姚林林把大熊递给哆哆，冲她微笑道："你看，我给你拿到了大熊，开心吗？"

哆哆抱着大熊，重重点头："谢谢林林妈妈，哆哆开心！"

看着哆哆脸上终于绽放出独属于孩子的幸福笑容，姚林林也发自内心感到高兴，她抱住哆哆，亲了亲她的额头。柔和的日光下，湛森看着姚林林温柔的笑颜，嘴角攀爬上一丝微笑，在姚林林看不到的地方，看着她的眼神更宠爱了。

哆哆一路上都很高兴，回到家之后，看到家那么大，更加兴奋了，缠着湛森和姚林林玩了很久，等到终于累得不行的时候，才去洗澡。

听着浴室里传来哆哆哼歌的声音，湛森给姚林林递了杯热茶，轻声道："肚子还舒服吗？"

姚林林知道他是说的白天大胃王比赛的事，于是冲他笑笑："没事的，我不是生龙活虎吗？"

湛森看了姚林林好半晌，最后才说："为什么要那么拼命？就算我们没参加比赛，也可以回来后给她买一个的。"

姚林林微微一笑："因为爱。"

"爱？"

"嗯……"姚林林转头看向湛森，"回来买个大熊给她，当然也可以，可是当下的情况，不就是在考验我们吗？有没有为了孩子的心愿去努力的勇气，是不是可以在她最需要的时候去倾听她的内心，我想，正是因为我这样做了，哆哆才觉得，我们是爱她的。今后她不管遇到什么事，不会去想给我们添麻烦或是退缩，而是直接向我们表达，只有这样，我们才能更加了解彼此，也才能更加让她懂得，在这个世界上，除了抛弃她的爸爸妈妈，还有很多人爱她，她也值得被爱，我不想让她失望。"

湛森怔怔地看着姚林林，姚林林也看着他，良久之后，湛森突然笑了，他伸出手来揉了揉姚林林的头。

"傻丫头。"

"什么啊……"姚林林莫名其妙的，把自己的头发捋顺，看着湛森回了自己的房间。

哆哆洗完澡出来，姚林林就带着她去房间睡觉了，等到哆哆睡着，姚林林从房间出来，已经是半夜十二点了。累了一天的姚林林正准备收拾一下也要去睡，可是肚子却突然传来一阵绞痛，参加完比赛后她就一直不舒服。

姚林林在卫生间上吐下泻了好一会儿，很快就发烧了。这病来得快而剧烈，很快她就觉得自己浑身上下都不舒服了。姚林林硬撑着到了湛森的房间，等到湛森开门，她才刚说了句"我不舒服"就倒了下去。

急得湛森赶紧抱住她去了车库，奈何车子白天到家后就没多少油了，附近也没有加油站，他抱着姚林林去外面拦出租车也拦不到，眼看着怀里的姚林林面色越来越苍白，湛森背起姚林林就朝医院跑。

湛森家离最近的医院少说也有好几里路，大半夜的，男生就这样背着姚林林跑去了医院。在姚林林的认知里，湛森是绝做不出如此丧失理智的事情的。但是现在，就在今夜，这个陪伴了她五年的儿时同伴，现在她的协议未婚夫，因为她生病发烧，月夜中背着她狂奔在去往医院的路上……

2

姚林林醒来的时候，湛森正伏在自己的床边休息，她看了眼四周的环境和身上的衣服，想起了之前自己发烧的事情，她才知道自己这是到了医院。

姚林林偏头看着睡梦中的湛森，今天他也跟着她奔波了一天，晚上也不得安宁，现在男生睡在她左手边，平日里冷硬的五官也因为睡着了而变得柔和了，姚林林心里满满溢出感动和温暖，她抬手轻轻摸了摸湛森的头发。

轻微的动作，却让男生醒了。

"对不起，我把你吵醒了。"姚林林赶紧道歉。

湛森揉了揉眼睛，笑着摇摇头："没事，好些了吗？"

男生的声音低沉沙哑，比夜色还要温柔，姚林林呆呆地点头："嗯。"

过了一会儿，她像是突然想起什么来，猛然坐了起来，急忙道："快快快！我们赶紧回去！"

"干什么？"湛森拦住她，皱眉道。

"家里现在只有哆哆一个人在，我们两个现在得赶紧回去。"姚林林焦急道。

"可你现在在生病。"

"没事的，我只是白天参加了那个什么大胃王活动，消化不良，你看，现在我不是好多了？"姚林林努力说服湛森，然而男生不为所动，仍旧不希望姚林林离开。

"湛森，求求你了……"姚林林见对方不为所动，不由得撒娇道，"哆哆是被父母抛弃才去福利院的，如果她大半夜醒来发现我们两个都不在她身边，会害怕的！我不想白天让她高兴了一下，晚上又这么让她担惊受怕。求求你了，我们回去吧，我保证，以后都听你的话好不好？"

08

第八章

三日父母初体验

185

看着姚林林那撒娇卖萌求答应的样子，医生也说她虽然看上去严重，但其实没有什么大碍，醒来就可以走了，湛森眼神一软，无奈道："回去后记得要好好休息，我不反对你对哆哆好，但是下次必须要先顾好自己的身体，知道吗？"

"嗯嗯，谨遵圣命！"姚林林开心极了。

两个人办理好出院手续，打车回家，才刚到门口，就看到哆哆一个人抱着大熊坐在台阶上，双目无神地看着前方。

"哆哆！"姚林林先冲上去抱住哆哆，"你怎么在这儿？"

"我晚上起来上厕所，没看到你们，就找了一下，结果你们都不在，我就以为你们把我丢下了……"哆哆的语气没有起伏，像是在说一件稀松平常的事情一般，她转过头来看着姚林林，瘪了瘪嘴，"你们回来了啊。"

姚林林心里一痛，抱住哆哆："对不起啊，哆哆，林林妈妈因为身体不舒服，没有通知你一声就去医院了，弄到现在才回来，让你害怕了，真是对不起。"

"也没什么害怕不害怕的……"哆哆靠在姚林林的怀里，努力抽了抽鼻子，"你们丢了我也没关系，这种事以前我也遇到过，我都习惯了。"

"哆哆！"姚林林听到哆哆这话，赶紧扶起她的肩膀认真地看着她，"现在我就给你发誓，即使我们的三日父母体验结束了，你也永远都会是我姚林林的女儿，我和湛森，永远都会是你的爸爸和妈妈，知道吗？"

哆哆愣愣地看着姚林林，她又偏头去看湛森。

湛森冲她微微一笑，长腿一迈走上前来，坐在了哆哆身边，轻声道：

"你知道，林林妈妈为什么这么晚了还要去医院吗？"

"为什么？"哆哆问。

"因为你的大熊。"

"大熊？"

"嗯……"湛森点头，他指着哆哆手里抱着的大熊，轻声道，"白天林林妈妈参加大胃王比赛，晚上消化不良引起发烧不适，林林妈妈找到我的时候，已经晕过去了，所以我们才没有来得及跟你说一声，所以说……我们没有丢下你，恰恰相反，正是因为我们太在乎你，才会急忙出院赶回来，因为担心你找不到我们会害怕，所以哆哆，不要因为以前被别人伤害过，就对所有的大人都抱有成见，你的林林妈妈，还有我，都是很爱你的。"

哆哆大大的眼睛里逐渐浮现出泪花，她看着湛森，小鼻子一抽一抽："所以说湛森爸爸，你们是真的把我当你们的小孩吗？"

"当然。"湛森毫不犹豫地点头。

"那林林妈妈，你说的话也是真的吗？你会一直这么爱我，就算我回到福利院了，你也还是会经常来看我吗？"哆哆转头问姚林林。

"当然啦，我们永远都是你的爸爸妈妈。"姚林林温柔道。

"爸爸！妈妈！"哆哆总算放下了心中的芥蒂，开心地投入了姚林林和湛森的怀抱。

姚林林和湛森相视一笑，两人都从对方脸上找到了幸福的笑容。

晚上，姚林林和湛森一起哄哆哆睡觉，小孩子没什么心事，晚上又这么折腾了一下，几乎是一上床就睡着了，看着睡梦中哆哆可爱的小脸，姚林林

08

第八章

三日父母初体验

187

突然道："湛森，你小时候，是不是也经常这么想你爸爸妈妈啊？"

"嗯？"湛森没想到姚林林会这么问，有些惊讶。

"我想起小时候，你每天睡觉前都会在窗户那里站一会儿，以前我不知道你在干什么，但是现在想想，也许是你在看你爸妈有没有来接你吧？"姚林林轻声道。

湛森没有回答。他想起小时候，刚搬到姚林林家，因为这个小女孩实在是太超出他对于"女孩子"这三个字的理解了，头一个星期基本上每天都处于震惊之中。那段时间，他每天都会在窗户口站一会儿，期望爸爸妈妈来把他接回去，但是后来，却完全不是这么回事了，因为每天当他站在窗户边的时候，不知道为什么，平时调皮捣蛋的姚林林就会变得特别乖。

她会跑过来问他："你在看什么？"

"妖怪。"

"妖怪？我们家有妖怪吗？"小女孩惊得眼珠子都要突出来了。

小湛森神秘一笑："把抢我的奥特曼还我我就告诉你。"

信以为真的姚林林果然把白天抢的玩具还给了他，然后眼巴巴地看着湛森，一脸跃跃欲试要去捉妖的模样。

"你现在回到床上去，数到第三百个数，妖怪自然就会出现了。"

"哦！"姚林林不疑有他，立马转身去了自己房间。

小湛森手里握着奥特曼，和坐在沙发上的爷爷相视一笑，姚林林从小就不听大人的话，加上性格跳脱喜欢捣蛋，每天晚上哄她睡觉就成了爷爷最大的难题，然而湛森却找到了治她的办法，经常用这个方式哄姚林林入睡。

湛森冲她淡淡一笑，把小时候哄她睡觉的事情说了，姚林林顿时气得俏脸通红："你和爷爷联合起来耍我！"

"哪里是耍你啊，你小时候真的太调皮了好吗？"湛森丝毫不觉得自己哪里做得不对。

"我哪有！"她打死也不承认，湛森又说了两件儿时的趣事，逗得姚林林要打他，却被男生轻巧地躲开了，而后示意哆哆正在睡觉，姚林林果然安静了下来。

"哼，你小的时候又能好到哪里去啊，被人欺负了也不敢吭声，要不是我啊……"

姚林林跟湛森有一搭没一搭地聊着小时候的事，不知不觉间，两人对视时的眼神越来越温柔，脸上的笑容也越来越温暖，渐渐地，倦意袭来，姚林林打了个呵欠，头一歪睡着了。

迷迷糊糊中，她好像感觉自己在被人抱起来，放在了柔软的床上。

"好好睡吧。"

一个低沉温柔的声音在她耳边说着，接着额头微微一凉，男生的唇吻在了她的额头上。

幸福的笑容爬上嘴角，姚林林沉入了梦乡。

3

三日父母体验进行到第二天，哆哆提议去外面玩。

"我想去公园！我都已经一年多没有去过公园了。"

　　姚林林看哆哆说得可怜，一口答应了下来，三个人开着车去附近的公园，此时正好秋高气爽，是放风筝的好季节，姚林林带着哆哆去买风筝，湛森去停车，等到湛森回来的时候，姚林林已经陪着哆哆把风筝买好了。

　　很快风筝便飞了起来，哆哆高兴得直拍手，不过她玩了一会儿就觉得无聊，想要去玩草坪附近的游乐设施，就独自一人朝不远处的草坪跑去，湛森忙着收拾风筝，姚林林去附近的商店买水，见哆哆还在自己的视线范围内，也就没在意。

　　姚林林去的时候还好好的，可是回来的时候情况就不太对了，哆哆被几个小朋友围在中间，湛森也看到了这个情况，和姚林林一起赶紧跑了过来。

　　两人才刚刚靠近，就听到这群小朋友在争论。

　　"我爸爸是建筑设计师，每年有好多好多的大楼都是他设计的，你爸爸行吗？"

　　"对呀对呀，我的妈妈是健身教练呢，不管什么运动她都会，你的妈妈行吗？"

　　……

　　孩子们七嘴八舌地吵着，哆哆不服气地插着小腰反驳："我妈妈会做全世界最好吃的菜！她也很能吃，一个人能吃十斤饭你们信不信？我爸爸可就更厉害了，告诉你们，你们十个爸爸加起来都没我爸爸长得好看，我爸爸就是这个世界上最好看的人！"

　　"我妈妈也会做饭！"

　　"我妈妈做饭也可好吃了！"

"对啊，我妈妈还能吃二十个人的饭量呢！"

"你爸爸一个大男人长得那么好看干什么，娘娘腔吗？"

"就是就是，你的爸爸妈妈，根本就不厉害，少在这里吹牛了！"

"不是！就不是！"哆哆站在一群小朋友中间大声地反驳着，她抿起小嘴愤怒地看着他们，"我爸爸妈妈是全世界最棒的爸爸妈妈，你们根本就比不上他们！哼！"

"撒谎！"被哆哆这么一叫唤，其他小朋友也生起气来，一个小男孩忍不住推了哆哆一把。

"你干什么？"姚林林一个箭步冲上去抱住哆哆。

小男孩吓了一跳，接着看了一眼姚林林和站在她身后的湛森，不服气地说："你爸爸妈妈这么小，你还说他们厉害，不是撒谎是什么？"

"对呀！就是撒谎！你爸爸妈妈这么小，肯定不厉害！"其他小朋友也七嘴八舌起来。

"住嘴！"

姚林林正要说话，哆哆却先她一步站在她面前，冲那群小孩子吼道。

她盯着那个带头的小男孩，问道："要怎么样，你们才肯承认我爸爸妈妈比你们的强？"

"公园今天有亲子运动会，你要是不服气，就带你爸爸妈妈去参加比赛吧，不过我可告诉你……"小男孩傲慢地看着哆哆，"这种比赛我和我爸爸妈妈可是参加过很多次的，你们一定赢不了。"

"谁说我们赢不了？"

08

第八章

三日父母初体验

姚林林忍不住插话，大家视线都朝她看过来，她抱着哆哆站起来："去就去！有什么了不起的！"

"那就比比看咯！"小孩冲他们做鬼脸。

姚林林和哆哆不甘示弱地也做鬼脸报复回去。

湛森无语了。就这么决定去运动会？好像谁也没有问过他的意见吧？

总之，不管湛森多么不情愿，姚林林还是拖着他去参加了公园的亲子运动会，这个运动会是附近的社区举办的，家长们自愿加入的活动，比赛项目包括两人三足、躲避球、短跑和负重跳远四项，获胜的家庭可以得到一台价值3000元的洗衣机。

周末有许多家长带着孩子来公园玩，看到有这样丰厚的奖品，加上又能和孩子进行亲密互动，于是很多家庭都报了名。远远的，之前和他们吵架的小男孩就朝他的父母跑去，他叽叽喳喳地说了些什么，还转过头朝哆哆哼了一声，哆哆朝他翻了个白眼，转身就拉着姚林林去报名。

"其实我们没必要和小孩子争论的，反而可以趁此机会教导哆哆不要盲目攀比，这不是更好吗？"

比赛前夕，湛森还是挣扎了一下，他虽然不反对运动，但作为学校最低调的男神，他实在不太习惯和陌生人一起参加运动会。

姚林林瞪了他一眼："哆哆都被人说成那样了，我就是要告诉她，面对质疑，一定要做到最好！"

比赛很快开始了，第一项运动就是短跑，这个项目由每个家庭的孩子完成，哆哆和那个小男孩暗暗较劲，最终哆哆胜利！

姚林林大叫着冲到终点抱住哆哆："你太棒了，我的女儿！"

"接下来就看你的了林林妈妈！"哆哆赢了比赛后也很兴奋，小脸红彤彤的。

"好的！"

第二项比赛是负重跳远，运动小能手姚林林即使腿上绑了沉重的沙袋，也还是身轻如燕，在沙地上跳出了2米的好成绩，勇夺桂冠。

前两轮都胜利了，接下来是第三轮的两人三足，这个是专门考验夫妻默契的，姚林林和湛森与其他人站在一起，成了一道明显不同的风景线，他们两个太年轻了，而且因为湛森的帅气和姚林林的活泼可爱，吸引了许多人的目光。

"你们看，这对情侣好般配啊。"

"是啊，这个不是家庭比赛吗？真是看不出来，他们小小年纪就有小孩了啊。"

"哇，真是郎才女貌啊……"

听着周围的那些窃窃私语声，姚林林不由得红了脸颊，湛森也不好意思地轻咳了一声。

"专心比赛。"男生低声说。

"嗯。"姚林林收敛心神，将注意力转移到比赛上来。

枪声响起，比赛开始！

热烈的欢呼声一瞬间响彻比赛现场，姚林林和湛森以前从来没有玩过两人三足，再加上身高差距大，湛森腿长，所以姚林林配合得非常吃力，走到

08

第八章

三日父母初体验

中途，她不小心一个趔趄，湛森为了扶住她，结果两个人都一起倒在了地上，手忙脚乱间，姚林林的脸撞进了湛森的颈窝，两人紧紧抱在一起，尴尬极了。

"哎哟！年轻人感情可真好！我家老头子要是有他这一半儿就好了。"

旁边围观的一个老太太打趣说，姚林林和湛森更加不好意思，手忙脚乱地从地上爬起来就耽误了不少时间，最后还是输掉了这次比赛，不过哆哆却一点也没有生气，反而冲他们挤眉弄眼。

"林林妈妈，湛森爸爸，你们感情可真好！哆哆希望你们一直感情这么好呢！"

姚林林和湛森被她说得不好意思，看了对方一眼，又马上移开视线。

很快，亲子比赛就结束了，姚林林这一队以微弱的优势取得了胜利，湛森也没想到，这一次出来居然会赢台洗衣机回去，站在领奖台上，他笑着摇摇头，用温柔的目光看着又叫又跳的姚林林。

"湛森爸爸……"一旁的哆哆看着他，惊奇地说，"你看林林妈妈的眼神……真的好甜呀。"

"因为……"湛森微微笑了，"她是世界上最温暖，最可爱的人啊。"

4

三日父母体验很快就结束了，湛森和姚林林把哆哆送回了福利院，路上经过一家甜品店，他们三个人一起下车去吃甜品，没想到恰好在这里遇到了季哲宇。

自从上次海边度假之后，他们几个人就很少见面了，尤其是季哲宇，之前一直追在姚林林身后，这几天连一个朋友圈点赞都没有，虽然姚林林也不在意，但此时再见到季哲宇，却有一种久违的错觉。

　　姚林林冲季哲宇微笑着打招呼："季哲宇，你怎么在这？"

　　"啊……"季哲宇闻言脸红了红，挠了挠头，"小米的生日快到了，我想来甜品店学学，亲手做个蛋糕向她表白。"

　　"哇！那可真是太好了！"姚林林也替季哲宇和夕柚米感到高兴。

　　"嘿嘿……"季哲宇笑了两声，两眼放光地说，"我打算给小米一个惊喜，蛋糕里藏了求婚戒指，我希望小米像公主一般接受我的求婚，让她有一个难忘而珍贵的生日宴会。"

　　"哇！这个求婚仪式好棒啊！小米一定会很高兴的！"

　　"嗯嗯，到时候你和湛森一定要过来做我们爱情的见证人啊……"季哲宇也很兴奋，"林林，虽然我已经不再喜欢你了，但你仍旧是我最重要的好朋友。"

　　姚林林被他感动了："放心啦，我们一定会去的，你要加油哦！"

　　告别了季哲宇，甜品店窗外的阳光正好，姚林林一边吃着慕斯蛋糕，一边微微叹道。

　　"季哲宇对小米好用心呀，要是有人这么跟我求婚，我一定会幸福得晕掉的。"

　　"林林妈妈，你没有被求婚过吗？"哆哆不明所以地问。

　　姚林林看了正在专心致志吃东西的湛森一眼，失落地说："没有。"

08
第八章
三日父母初体验

"那你和湛森爸爸是怎么在一起的呢？你们不是已经订婚了吗？"哆哆继续问道。

"那是因为……"姚林林突然间语塞，只得看向湛森，但他好像没听见似的，于是她只能对着哆哆抓耳挠腮，"我和你湛森爸爸……嗯……是自由恋爱，两情相悦，所以……就没有求婚……"

"我和你林林妈妈是直接订婚的。"湛森冷不丁冒出一句。

"真的吗？"哆哆问道。

湛森看了姚林林一眼，眼里飞快闪过一抹笑意："是的，我和你的林林妈妈，两情相悦，直接订婚，而且即将完婚。"

姚林林脸红成了猴子屁股，赶紧低头装作吃东西，但湛森的视线已经黏在她身上了，那视线灼热而又暧昧，她感觉自己快要坐不住了。

一旁的哆哆笑得可坏了。

终于到了要分别的时候，原本还和姚林林不对付的哆哆，死死地抱住姚林林的大腿。

"林林妈妈，你答应过我的，不管有没有三日体验，我们的关系都不会变，你一定要记得来找我。"

姚林林也忍不住流了眼泪，抱住哆哆，亲了亲她的小脸蛋儿："我当然不会忘记，你是我最喜欢的哆哆女儿，在福利院要乖，不许再调皮捣蛋了，好好学习，林林妈妈会时不时来看你的，等到放假了，就把你接过来玩。"

"好！"哆哆欢呼！

接着她又悄悄凑近姚林林跟她咬耳朵："林林妈妈，你什么时候和湛森爸爸生小宝宝呀？我要做小姐姐呢。"

姚林林闹了个大红脸，她推了推哆哆："小屁孩儿说什么呢，好了好了，你快回去吧，我和湛森爸爸也要走了，你要听话哦。"

"哦！"哆哆笑眯眯地应了一声，接着坏笑地看着姚林林。

姚林林瞪了她一眼，跟着一旁不明所以的湛森走了。

"哆哆刚才说了什么？"回去的路上，湛森问姚林林，"你的脸红成那个样子。"

姚林林心里一紧，急忙摆手："没什么啦，小孩子乱讲话。"

湛森狐疑地看着她，姚林林眼睛乱瞟，不敢跟他对视，不一会儿，他俊朗的面容挂上了然的微笑，慢慢凑近姚林林。

"是不是……"

他才刚刚开口，姚林林的手机就响了，她就像捞到救命稻草一般赶紧接起电话。

"喂，爷爷！"

"林林啊！"爷爷的声音很高兴，"刚才哆哆给我打电话了，说你们两个表现很好，让她真的有家的感觉，爷爷很欣慰，你们的表现爷爷太满意了，哈哈哈！就是要这样，继续保持知不知道？好了，我说完了，你们赶紧培养感情去！"

说着爷爷就挂断了电话，姚林林握着手机，连讲一句话的机会都没有。

"怎么办？爷爷要我们培养感情。"

湛森蹭着姚林林的耳垂，酥麻的感觉像电流一样蹿过姚林林全身，她迷

迷糊糊地看着湛森："你……你说怎么办……"

"这么办……"

男生温柔的声音低低响起，接着，姚林林的额头，便被印下了一个轻柔的吻。

金秋的阳光，绚烂得好明媚……

THE
LITTLE

SWEET
WEDDING

第九章

09
▶ 美梦破灭之时

1

　　这段时间姚林林和湛森的关系突飞猛进，两人之间的气氛几乎都要冒出粉红色的泡泡了。

　　这天下午姚林林回家，湛森还没有回来，但是客厅里却放着一套巨大的乐高积木，姚林林一瞬间玩性大发，把积木都拿下来摆好，随后按着自己的想法摆出了一套山水园林出米。完成后的姚林林对自己的作品非常满意，拍了好几张图发朋友圈，也得到了大家的一致点赞，她很高兴地打算再重新设计一个的时候，湛森回来了。

　　"湛森！你快来看，这是我设计的山水园林，是不是很好看？"姚林林一看到湛森就忍不住炫耀，"我发朋友圈了，大家都说好看呢。"

　　没想到她刚说完这句，原本还一脸兴致勃勃的湛森突然皱起了眉头："这些都是你做的？"

　　"是啊……"姚林林本来还挺开心的，瞬间紧张了起来，"是不是……我弄坏了你的东西啊……"

　　湛森皱着眉头没有说话，只是一直盯着园林出神。

　　完了，姚林林顿时冷汗涔涔，她乱动湛森的东西，他一定生气了。

"林林，你大学的专业是园林设计吧？"湛森冷不丁地问了她一句。

"嗯，是啊……"她忐忑不安地答。

湛森紧皱的眉头慢慢舒展开来，眼底划过一丝赞赏："很棒。"

"嗯？"

"你做的这个山水园林的创意，很棒。"

姚林林猛地吸了一口气，不敢相信地看着湛森，他刚才是表扬自己了吗？相处这么久以来，她第一次听到湛森表扬她，心底不由得涌出一股甜蜜的欣喜。

"这是我用来参加'梦想乐园'设计大赛的练习品……"湛森看了她一眼，微笑着解释，"这是一个国际的建筑比赛，我很有兴趣，原本还毫无头绪的，但被你这样一弄，我似乎想到一些什么了……"

"真的吗？"姚林林觉得自己可以帮到湛森，很高兴。

"嗯……"他点点头，"这次比赛如果能获奖，可以保送到东京大学去做研究生，全校只有两个名额，教授对我寄予厚望。"

"东京？"原本还替湛森感到开心的姚林林听到这里心里微微一沉，但不想让湛森发现，她撑起笑脸，"你太厉害了，一定可以拿到这个奖的。"

湛森没有注意到这些，他意气风发地看着姚林林："嗯，我也很希望能够得奖。"

"是……是啊！"看着湛森干劲满满的样子，她忍不住心里更加酸涩了，但还是打起精神提议，"我们一起做模型吧！说不定我还能帮你呢。"

说做就做，姚林林把之前乐高积木做的山水园林拆掉，和湛森一起做起了"梦想乐园"，据湛森所说，梦想乐园主要针对的群体是年轻人，在这个

09

第九章

美梦破灭之时

乐园里，人们所期望看到的美好的一切都会在这里实现，美丽的星空，广阔的沙漠，无尽的海洋，放飞的激情……所以绝不仅是一个游乐场这么简单，要融入理念和文化，重新构筑一个另外的梦想世界。

姚林林平日脑子里就有很多稀奇古怪的想法，现在一股脑全说了出来，湛森没有对她冷嘲热讽，反而一直很鼓励她，并且用丰富的理论知识完善着这些天马行空的创意，两人之间很快碰撞出火花，最后当设计初稿成型的时候，湛森欣赏地看着姚林林。

"林林，谢谢你，你真是我的缪斯女神。"

姚林林小脸一红："这有什么啊……只不过是举手之劳而已。"

"嗯……"湛森望着设计出来的梦想乐园，低低回答了一声，"可是，这是我的梦想。"

"嗯？"姚林林愣住了。

"我的梦想就是可以亲手建造出自己设计的作品，让更多人感受到建筑之美，我很珍惜这次机会，所以也谢谢你，在这种时候能陪在我身边。"

面对着男生突如其来的心声，姚林林完全不知所措，她早已习惯了平时男生忽冷忽热的态度，现在这样真诚地说着心里话的湛森，反而不像他了。

"不、不用谢啊……"姚林林结结巴巴的，"恭喜你啊，得奖后……就要去日本了，真是厉害呀！我祝你前程似锦！"

外面已是夜深了，四周一片静谧，湛森微微有些失神地看着她："前程似锦？"

"是，是啊……"姚林林的内心很失落，但还是用轻松的口吻地说，"你就要去东京读书了，作为好朋友，我替你感到高兴，哈哈，哈哈……"

她也不知道自己絮絮叨叨地在说些什么，对于湛森的梦想，姚林林绝对一千万个支持，可是一想到他就要离开自己去遥远的地方，她又恨不得湛森落选……

姚林林脸上的笑越来越勉强："我去睡了。"

说着，也不等湛森有什么反应，她就转身回了自己的房间，"砰"地关上房门，缓缓地贴着门滑坐在地上。

"我在说什么啊……"姚林林狠狠地敲着自己的脑袋，"笨死了！"

明明是舍不得湛森，不想他去东京读书，可是说出来的话却那么虚伪，什么好朋友，什么为他感到高兴，都是假的，自欺欺人罢了……

姚林林烦恼地抱住自己的脑袋。

这个烦恼的夜晚，她在床上辗转反侧了很久都没有睡着，窗外月光透进来，失眠的姚林林忍不住爬起身，推开房门走到了阳台上。

正准备好好长吁短叹一番，可阳台早就有一个人影站在了那里，身形优美而颀长。

"湛森？"姚林林和湛森房间的阳台是相连的，看到他一身落寞的样子，姚林林吓了一跳，"你怎么了？为什么还没睡？"

湛森转头看了她一眼："睡不着。"

"哦。"姚林林闷闷地应了一声，也跟着坐在了阳台的沙发上。

"今晚有流星。"

沉默间，湛森突然开口。

"啊？"姚林林一愣。

"如果遇到流星，就可以许愿……"他看都没看她，自顾自地说着，

"我希望……"

"你一定会完成你的梦想的！"她想也没想就打断他，满脸热切地说，"你这么努力，又这么优秀，要是流星来了，我会帮你许愿，希望这次你的比赛一切顺利，成功获得去东京读书的机会……"

"来了。"男生淡淡的声音响起。

"啥？"

湛森指着天边一闪而过的颜色："流星。"

"啊！我要许愿！"姚林林说着就要合起手掌闭目许愿。

"是烟花。"是淡淡却微微有些嫌弃的声音。

"什么？"姚林林不知所以地看着湛森。

男生看着她的眼神就像是在看着一个演技拙劣的演员："是烟花，没有流星。"

在姚林林发愣的当口，男生再一次强调一遍："我是骗你的，今晚没有流星。"

姚林林不知道说什么好。

湛森叹了一口气，转身朝自己的房间里走去，他拉开门："不希望我去就坦诚一点，七情六欲都摆在脸上，不会骗人，就不要口是心非。"

"嗡"的一声，姚林林感觉自己的天灵盖都快烧起来了！

2

"他怎么可以这样！我说错话了，直说不行吗？竟然还故意取笑，讨厌死了！"

204

傍晚放学，姚林林拉着林宝儿，把昨天发生的事情竹筒倒豆子，全都说了出来。

　　"对啊！"林宝儿也很气愤，"我们家林林这么喜欢他，湛森那个大木头竟然看不出来！眼瞎了吗？"

　　"哼，谁喜欢他，我只是觉得事情太突然罢了，再说……"

　　"再说了，就算是要去东京，也应该带着我们林林一起去啊，这么自作主张算怎么回事，还没告白呢！真想着一张协议就套牢我们林林一辈子啊？不可能！"

　　姚林林被噎住了，狐疑地看着林宝儿："你到底是来帮我出气，还是损我的？"

　　"当然是来帮你的啊！我的傻林林……"林宝儿一把搂住她的脖子，"但是在此之前，你难道没想过湛森为什么会戏弄你吗？"

　　"为什么？"

　　"你呀……"林宝儿忍不住戳了戳姚林林的额头，正要开口，却突然惊呼出声——

　　"湛森？"

　　"嗯？"姚林林顺着林宝儿的视线看去，她们现在正走到了学校的教师宿舍楼下，从这里抄小路可以更快出校门，不过没想到湛森居然也在，不过他手里拿着一张纸，正坐在教师楼的台阶上发呆。

　　"湛森？"

　　姚林林从来没有在他脸上看到过这样的表情，记忆中的湛森一直都是自信骄傲的，不管发生什么事，他都永远气定神闲，仿佛一切都在掌控中，然

09

第九章

美梦破灭之时

而现在，他那精致清俊的眼睛里满满都是失落。

"宝儿，你先回去吧，我想，今天不适合去找湛森算账……"

"好啦，我知道……"林宝儿表示理解，拍了拍姚林林的肩膀，"好好说，不要再闹矛盾了。"

"嗯。"姚林林点头应了一声，朝湛森走去。

"湛森？你怎么了？"

男生抬起头来，看到姚林林时眼里闪过一道亮光，但很快又黯淡下来，他无奈地扬了扬手里的图纸："我来找苏教授，被他拒绝了。"

"嗯？"姚林林听不懂。

"这份设计图是我昨天连夜赶制出来的，但是白天再看时，觉得有些问题，我想来找土木系的权威苏教授指点一下，没想到才刚到他家，就被赶出来了。"

"为什么啊？"姚林林觉得莫名其妙。

"我也不知道……"湛森烦躁地揉了揉头发，"苏教授的脾气很差，谁也不知道该怎么和他相处，只能算了。"

"湛森……"姚林林难过地看着他，从心底里涌起一种无力感，她很想要帮他，却不知道该怎么办。

"林林！"

这时，突然一个苍老的声音响了起来。

姚林林转身，就看到上次从垃圾堆里捡回家的婆婆出现在她面前，婆婆还是很有精神，之前那副呆呆的样子也不见了，之前报警送她回家，听说她有轻微的帕金森症，时不时会发作，不过这次婆婆好像是正常状态，她手上还提着一个菜篮子。

"婆婆！"姚林林也吃了一惊，她压根没想到还会遇到这位婆婆，更没想到婆婆还会记得自己，"您怎么在这里？"

"这是我家，我当然在这里……"婆婆没好气地瞪了林林一眼，接着狐疑道，"你们站在我家门口干什么？"

姚林林已经震惊得完全说不出话了："婆……婆婆，您住在这儿？那，那您和苏教授……"

"什么苏教授，还不就是一个穷教书的，他是我儿子，怎么了？"婆婆问道。

姚林林和湛森对视一眼，都从对方眼里看到了突然迸发的惊喜，她拉着婆婆的手，甜甜地撒娇："婆婆，我这下可有大麻烦了，需要您帮忙……"

听完姚林林的讲述后，老婆婆看了一眼湛森，突然凑到姚林林耳边："林林，这就是你上次说的未婚夫？"

"嗯，是啊。"姚林林不明所以。

苏婆婆忍不住笑了："你未婚夫长得不赖，跟你蛮配的！"

"哎呀，婆婆！"姚林林被逗得脸都红了。

婆婆把湛森和姚林林带进了屋，他们在客厅等着，姚林林第一次从湛森的脸上看到紧张的神色。

"妈，您这是怎么回事？我不是都说了不见不见，您怎么还把人往家里带！"房间里传来苏教授抱怨的声音。

"我叫你见就必须见，你忘了上次我走丢，是谁照顾我，把我送回来的？我告诉你，你要是知恩不报，我就当没你这个儿子！"

屋子里静寂了一秒，紧接着传来苏教授求饶的声音："好了好了，我知错了，妈，我这就给他们看，这就给他们看，好吧！"

姚林林和湛森坐在客厅里等待着，苏教授的房门"啪"地从里面打开，姚林林这才见到这位传说中脾气古怪的苏教授。

怎么说呢？从外表上来看，苏教授完全不像是一个难以亲近的人，反而给人一种温文儒雅的感觉，而且虽说是教授，但他很年轻，看着才三十出头的样子。

"是你吧？"但是苏教授一开口，姚林林就确定了，这个男人和他儒雅的外形完全不符，他面色不善地看着手上拿着稿纸的湛森，一脸不耐烦。

"是的，苏教授，我来向您请教。"湛森丝毫不生气，反而极有礼貌地回答。

"嗯。"他的彬彬有礼打动了苏教授，苏教授面色稍霁，冲湛森点点头，"你跟我来。"

接着，他就把湛森带到自己的房间去了。

姚林林没有跟进去，但还是有些担心，婆婆安慰姚林林："没事儿，我那儿子不帮忙就算了，既然答应了帮忙，就一定会做到最好。"

姚林林坐了下来，心不在焉地在客厅里等着，也不知道过了多久，苏教授的房门终于打开了，她一个箭步蹿到湛森面前："怎么样？"

湛森冲她一笑，神采奕奕："苏教授真的很厉害，原本设计图还挺多问题的，被他一指点，现在我非常有信心。"

"太好了！"姚林林一蹦三尺高！

他们很快离开了苏教授家，虽然婆婆一再挽留湛森和姚林林吃饭，但湛森想早点回去把设计稿改好，于是他们婉拒了婆婆的好意，相携着准备尽快回家。

"湛森……"经过马路，在等红绿灯的时候，姚林林小心翼翼地看着身边的男生，"我可不可以看看苏教授是怎么改的啊？设计图是我和你一起做出来的，所以很好奇……"

此时正值下班高峰期，路上行人来来往往，湛森低头看着跃跃欲试的姚林林，眸子里绽放出温柔的笑意，他点了点头，把稿纸递给了姚林林。

她才准备打开来看，突然不知道谁撞了她一下，那稿纸就这样脱手而出，接着在地上滚了几个圈，到了马路正中央，现在绿灯还没亮，路上的车来来往往，湛森正要说什么，却见身边的姚林林突然一个箭步冲了出去！

"呀！"

周围顿时有人惊呼出声，湛森也吓得面无血色！

姚林林追着稿纸到了马路中央，她身边不停地有汽车紧急刹车，"滴滴"的喇叭声在周围响起，一时间马路上乱作一团！

就在一辆车控制不住刹车，即将撞上她的时候，姚林林就被一股大力迅速拉到了路边。

"你是不是有病啊！"

"湛，湛森……"她从来没有见过湛森这么暴躁的样子，不由得用稿纸护在胸前，有些害怕……

"东西没了就没了！你知不知道这样跑到马路上很危险！"湛森余怒未消地大吼。

"对不起啊，湛森……"姚林林试图安慰，却被男生暴怒地打断。

09

第九章 美梦破灭之时

"你哪里对不起我！你一点都不关心你自己吗？你知不知道我都快……"说到这里，他倏然停住，姚林林不解地看着他，湛森抿起唇，眼里有复杂的情绪翻转，最后他猛地叹了一口气，"你根本不知道别人心里在想什么吗？"

"湛森……"姚林林非常抱歉地看着他，"真的对不起，让你担心了……但是……"

她抱紧了怀里的稿纸："对我来说，你的梦想比我的生命更重要。"

"你……"湛森震惊地看着姚林林，他英俊的面容上满是动容，"不要胡说……"

"我没有胡说……"姚林林打断他，"我说的是真的，你的梦想比我的生命……"

她已经说不下去了，因为湛森已经抱住了她。

他抱得那样紧，就好像下一秒她会消失一样。

"谢谢你。"

四周人来人往，初秋的黄昏微微带着些凉意，姚林林被湛森抱着，从心里到四肢百骸，全都暖洋洋的。

她想，自己已经爱上了湛森。

3

"林林！我们来啦！"

周末一大早，湛森就不见人了，林林在家里帮他整理比赛要用的东西，刚吃过午饭没多久，外面就响起了敲门声。

210

林宝儿和夕柚米站在湛森别墅家门外。

"宝儿，小米，你们来啦。"姚林林开心地打开门迎接她们。

"是啊！可累死我了……"林宝儿一进门就甩掉高跟鞋，径直奔到沙发上瘫倒下来，"我要喝水，都快渴死了。"

姚林林赶紧去厨房拿出冰饮料，夕柚米则老老实实地在玄关换了鞋，接过饮料，温柔腼腆地说"谢谢"。

姚林林冲她笑笑，好奇地问："你们这是怎么了？出去逛街了吗？"

"还不是为了你！"林宝儿喝了一口饮料。

"我？"她不由得疑惑。

夕柚米赶紧拉拉林宝儿，冲她使了个眼神："不是啦，我们是在说逛街太累了，你没有和我们一起去，就少个人一起提包啊。"

"是啊是啊……"林宝儿也附和着点头，从包包里拿出一个IPAD，点开一个页面，"刚好逛完街，发现离你家不远，就找过来啦！你快帮我们看看，这些东西哪些比较好看。"

"哪些比较好看？"姚林林转过视线，不看不知道，一看吓一跳，"施华洛世奇，梵克雅宝，蒂芙尼……"

她抬起头来，目瞪口呆："大小姐！这些牌子的首饰都这么贵，你们要买……也太夸张了吧……"

"哎呀，你就别管那些了，快点来帮我们看看，我最近要参加漫展，小米也有很多应酬，所以找你来帮我们挑挑。"

"哦……"姚林林将信将疑地，她看向夕柚米，"真的吗？"

"嗯嗯，真的！"夕柚米点头如捣蒜。

姚林林挠挠头："那好吧……"

夕柚米指了指页面上最贵的几个款式："林林，你喜欢哪个款式的项链？你看，这里有红宝石的，也有浅蓝色，我觉得淡粉色比较适合你。"

林宝儿也不甘示弱，跳到戒指的款式页面："我这还有戒指，你看这个钻石多漂亮……"

"你们到底是来干吗的？"姚林林被吵得头昏脑涨，打断了夕柚米和林宝儿的热情介绍，"不是说要我参考吗？怎么最后全都问我喜不喜欢，这你们是不是有什么事在瞒着我？"

林宝儿和夕柚米顿时面面相觑，说不出话来。

"唉！还不是你那个未婚夫！"林宝儿第一个憋不住了，泄气地说，"一大早就把我和小米叫醒，然后说什么在设计大赛得奖之后，一定要给你一个最难以忘记的告白，非逼着我和小米来找你先问问，还不许我们提前告诉你！"

"是……是啊……"夕柚米闻言，脸上也露出了一丝心虚，"林林，你可别说是我们说的啊，现在湛森还没有回来，应该是在和季哲宇策划告白仪式吧。"

"是啊，你之前不也一直烦恼这件事吗？现在看他为你花了这么多心思，肯定是喜欢你啦。"林宝儿也附和着。

"怎么会……"姚林林看着IPAD屏幕上发着光的首饰，想到湛森为自己做的这些，心里就暖暖的，"是真的吗？你们没有在骗我？"

"对天发誓，骗你天打雷劈！"林宝儿竖起三根手指。

"我们怎么会骗你呢……"夕柚米也柔柔地笑了，"湛森是真的很喜欢

212

你呢。"

　　不由自主地，她的心底涌出一股甜蜜的感觉，姚林林再也克制不住，红着脸微笑起来。

　　"我……我也很喜欢他啊……"

　　"哈哈哈，喜欢就去追啊！我的傻丫头！"林宝儿大笑着拍着姚林林的肩膀。

　　"好羡慕呀，真希望哲宇也能这么对我呢……"夕柚米不无感叹。

　　"你也有啦！"姚林林脱口而出，而后猛地捂住了嘴巴，"我什么都没有说！"

　　"可我们都听到了！"林宝儿率先戳穿她。

　　"是……是呀！"夕柚米紧张得脸都红了，着急地看着姚林林，"什么我也有？你是说哲宇也……"

　　"我什么都没说！我什么都不知道！"姚林林跑了。

　　"喂！林林！"夕柚米在原地跺脚，林宝儿早已追上去打她了。

　　三个女生打打闹闹地，很快就到了傍晚，最后姚林林拍着胸脯答应林宝儿和夕柚米，在湛森面前绝对不拆穿之后，她们二人才放心离开，姚林林甜蜜地回到客厅，把东西都收拾起来。湛森还没有回来，姚林林也不着急，她把湛森的设计稿从书房里拿出来，打算再好好看看，结果才刚展开，门铃就响了。

　　姚林林去开门，就看到一身精致打扮的温菡站在门口。

　　"温菡？"姚林林有些惊讶。

　　温菡却冲她笑笑："林林，你好，我是来帮夕柚米送生日宴会的邀请函

09

第九章

美梦破灭之时

的，之前打湛森的电话他没接，我就只好跑一趟了。"

"哦……"姚林林呆呆地接过生日邀请卡，又觉得不对劲，"小米下午来过，她没有提起这个啊……"

温菡冲她神秘一笑："是季哲宇做的，他想给夕柚米一个惊喜，所以没有让她知道，对了，我可以进去吗？刚刚走得有点急，现在口很渴，我想喝杯水。"

"没问题的，我帮你去倒水。"姚林林赶紧侧身把温菡让进来。

女生进来换鞋后，看了看湛森的家，笑道："还挺大的啊，家里就只有你和湛森两个人吗？"

"嗯，是啊……"姚林林把温菡引进客厅后就去厨房倒水了，"阿姨和叔叔出差去了。"

"多好啊，这有利于培养你和湛森的感情。"温菡打趣的声音传到了厨房里。

"哪有啊……"姚林林想到告白的事，心里一阵甜蜜，她端着水杯走了出去，"只有凉白开了，不知道你介不介意……"

姚林林的话到这里就打止了，因为她看到温菡正站在客厅的桌子前，仔细地看着湛森的设计图。

"哦……"温菡见姚林林出来，赶紧放下设计图，面色有些尴尬，"我见这图纸放在这里，一时好奇就……"

"没事的。"姚林林勉强地笑了笑，默默地把图纸收了起来。

温菡喝完水，冲她笑笑："那我先走了，谢谢你的招待。"

说完，不等她有什么反应，温菡便提着包包离开了这里，姚林林呆呆地愣了一会儿，轻轻甩了甩头……应该没事吧，她这么想着，把湛森的设计图纸放回了原处。

4

万众瞩目的"梦想乐园"设计大赛到了！

这次的建筑设计大赛，涉及都大和好几个全国知名高等学府，也引起了海内外一些专业人士和媒体的关注。一大早，姚林林和湛森到达比赛现场时，就看到很多记者也到了，虽然这是个专业创意比赛，却也引起了许多普通人的围观，人们都对这样的比赛很有兴趣。

林宝儿还有季哲宇他们也到了，候选室里已经齐聚了所有参赛的人，姚林林原本在跟湛森说话，这时却突然有个人撞到她眼前来。

"姚林林！"

"师兄？"姚林林原本还迷糊着，看了眼前的人几秒才认出来，这个矮矮胖胖的男生，不就是之前高中比她高一届的师兄吗？

高中时姚林林和这个师兄感情很好，后来他考上了科技大学，姚林林上了都大，两人之后很少联系了，现在能够巧遇，她也很开心。

"林林，你也来参加梦想乐园的设计大赛吗？"寒暄了一阵之后，师兄问道。

姚林林连忙摆手，指了指身边的湛森："不是啦，我是陪他来的。"

"湛森？"没想到师兄才看到湛森，就认出他了。

湛森意外地挑挑眉，姚林林也感到很惊奇："师兄，你认识湛森啊？"

"学土木工程的，谁不认识他？"师兄苦笑了一声，随即却又正经地伸

09

第九章

美梦破灭之时

出手来，"你好，我叫宋嘉，很高兴认识你。"

"你好。"湛森跟他浅浅地握了一下手，很快便松开了，他淡淡的眸子看向宋嘉，"我是林林的未婚夫。"

"喂……"姚林林脸有些红。

"不错啊，林林，这才多久没见，这么快就把终身大事都给办了。"宋嘉看着姚林林打趣道。

"毕业后我们举行婚礼，希望师兄能赏脸来。"湛森不急不缓地说。

"喂！"姚林林急了。

恰在这时，比赛开始的声音响起，大家纷纷开始做起了准备。

"我先走了，林林……"宋嘉闻声就要回去了，但是临走前他却突然抓住姚林林的手，"谢谢你林林，要是没有你……"

姚林林一头雾水地看着他，宋嘉没有说完就走了，她转头看向湛森："他在说什么……"

湛森看着她，屈起手指敲了敲她的头："我怎么知道。"

姚林林吃痛，正要抱怨，却突然看见湛森的面色似乎带着一丝紧张。

她想要出言安慰，却发现自己这一刻竟不知道说什么，设计比赛对湛森来说是梦想，他为了这个而紧张是正常的，姚林林握住湛森的手掌，当男生的视线扫来时，给他一个鼓励的笑容，用自己的温暖感染他。

之前苏教授看了湛森的设计图，给予了很高的评价，对湛森的这款设计非常有信心，这次比赛的规则是按照交稿的时间顺序来的，湛森想做得更好，所以几乎是比赛时间截止的最后一个小时才把稿子发过去，所以他的顺序也就安排在了最后。

姚林林和湛森在后台静静地等待着自己的顺序，轮到宋嘉出场的时候，姚林林还低低说了声"加油"，但是等宋嘉把自己的设计图在大屏幕上放出来的时候，姚林林傻眼了。

　　"这……这不是你的图吗？"姚林林连呼吸都不稳了，她指着在台上侃侃而谈的宋嘉，"这是怎么回事啊？怎么会这样！设计图……怎么可能一模一样啊……"

　　姚林林转头看向湛森，顿时说不出话来，此时湛森的脸色黑得可怕，他紧咬着牙看着大屏幕，眼底浮现出伤心和暴怒的情绪。

　　"湛森……"姚林林小心翼翼地叫了他一声。

　　男生没有回她，只是死死地盯着在台上挥洒自如的宋嘉，一直到湛森的教授赶来，湛森都是这样的表情。

　　"怎么回事？这到底是怎么回事？"教授气急败坏地赶过来，指着台上的那副设计图，"这不是你的东西吗？是你抄了他吗，湛森？"

　　"我没有抄袭。"湛森只是咬紧牙说了这一句。

　　"你没有抄袭，那等下上台怎么办？"教授急得头发都要掉了，他看着湛森，叹了一口气，"你告诉老师，是不是你抄宋嘉的？如果是抄的，你现在上去承认错误，还来得及，你现在年轻，犯点错没什么，我现在去跟主办方说……"

　　"我没有抄袭……"湛森转过身来，冷淡地打断了教授的话，"我没有抄袭，我不会认错。"

　　"那你怎么解释你的设计图和宋嘉的一模一样！而且你还是最后一个交的！"教授简直要疯了！

09

第九章　美梦破灭之时

“我不知道。”

“你！”教授被他噎得说不出话来。

恰在此时，台上传来了叫湛森上台的声音。

“湛森……”姚林林担心地抓着他的手，不想要他上去。

可是湛森却给了她一个坚定的眼神，转身义无反顾地上台去了，大家都用期待的眼神看着湛森，这个都大的天才青年，土木工程系的活体名片。

在众所期待的目光中，他深深地向台下的所有人都鞠了一躬，接着说：“非常抱歉，这次的梦想乐园设计大赛，我弃权。”

“什么？”

“怎么回事？”

“太不可思议了吧？”

台下顿时一片哗然！林宝儿和季哲宇他们更是惊呆了！身为朋友，他们每个人都知道湛森为了这次的设计大赛付出了多少，怎么可能会这么轻易就说弃权！

大家顿时坐不住了，那些媒体记者和前来参观的专业人士也都忍不住议论纷纷，镜头不停地对着湛森在拍，然而他只是说完了这句话，再冲大家鞠一躬，就走下了台。

姚林林在后台等湛森，这时看到男生走下来，她赶紧迎上去，湛森抓住了她的手，他的手心全是汗。

“湛森……”姚林林担忧地看着他。

林宝儿他们也都来了，看到他们这个样子，大家都没有说什么，让湛森带着姚林林就走了。

回去的车上，姚林林打开收音机打算转移一下注意力，哪知道才按开，里面就传来这次设计大赛的丑闻。

"我也没有想到！平时那么优秀的一个人！竟然会抄袭！我问他，他又说不是，我费了这么多心血去推荐他，帮他，现在出了事，我只是要求他道歉，没想到他连这都不听！真是枉费了我多年的栽培！"

教授气愤的声音从收音机里面传来，姚林林吓得就要按掉收音机，却被湛森阻止了。

"我没事。"

男生一边开车一边眼望着前方，语气淡漠地说。

"可是……"姚林林想要反驳，却见湛森皱了下眉。

"设计稿是我和你一起讨论出来的，这些创意不会再有第二个人知道，这个你可以帮我作证，我不存在抄袭的可能，可是为什么宋嘉会先我一步交设计稿呢？"

他们车开到家里，从车库出来，湛森还在思索这个问题。

"也许是被人偷偷给宋嘉看了也说不定啊！我们的设计图先完成，宋嘉如果可以有人偷取到你的设计图的话……"

姚林林说到这里，她和湛森的脚步一起停下，因为，在他们家门口已经提前站了一个陌生男人。

"您好，请问是姚林林小姐吗？"那人手里拿着一个文件袋，冲姚林林问道，"我是快递员，这里有您的一封邮件，请您查收。"

"什么啊……"姚林林狐疑地接过邮件，签完字后，她把文件袋拿到家里拆封打开，紧接着，她的眼睛瞪了起来。

09

第九章

美梦破灭之时

　　"怎么了？"湛森狐疑地问道。

　　姚林林抬起头来看着他。

　　"是……"姚林林拿起那些东西，脸色难看地说，"是一封信和……银行汇款单，是宋嘉寄过来的。"

　　汇款单上是一万块的转账记录，而感谢信，则是——宋嘉感谢姚林林将设计图卖给了他。

THE
LITTLE

SWEET
WEDDING

第十章

10
▶ 无条件的信任

1

"这是怎么回事？"湛森看着汇款单和感谢信，皱着眉说。

"我也不知道……怎么会……宋嘉师兄他……"姚林林似乎想起了什么么，她像是触电一般看着湛森，"湛森，你相信我，我没有出卖你，我根本不知道这究竟是怎么回事……"

然而她的话还没有说完，她的手机又响了起来。

"林林！快点上网！你现在在被大家人肉！"才接起电话，林宝儿的声音就从手机里传来。

"什么？"姚林林大惊失色，她顾不上看湛森的脸色，赶紧打开电脑，接着就看到都大的校内论坛上，铺天盖地都是湛森辛苦创作的设计图，被未婚妻姚林林卖给科技大学师兄的帖子。

姚林林一页页翻下去，论坛上全都充斥着"出卖""背叛""拜金"的字眼，她随便点开一个帖子，里面都有湛森和宋嘉设计图纸的对比图，以及银行转账和感谢信的照片，这些所有的"证据"全都指向姚林林，说今天梦想乐园设计比赛导致湛森失败的罪魁祸首，就是她。

"不是我！不是我……"姚林林一边看着那些触目惊心的污蔑证词，一边掉眼泪，她分明什么都不知道，怎么事情会变成这个样子？

姚林林转过身去看湛森："真的不是我，湛森，我虽然不希望你去东京读书，但是我真的不会做这种事！你相信我，就连这个什么感谢信和银行转账，我都不知道是怎么回事……"

她真的好怕湛森误会，真的怕他会相信这些谣言，开始讨厌自己……但是面前的男生却一言不发，他紧抿着唇，沉默地看着电脑屏幕上那些惊人的消息。

"真没想到姚林林竟然是这样的人，我就说嘛，她当初和湛森在一起，一定有不可告人的目的。"

"心疼我的男神，竟然被这样一个女生给陷害了！姚林林！把你的脏钱吐出来！"

"吐出来！"

"吐出来！"

……

帖子下面铺天盖地的都是谩骂攻击的消息，甚至还有人恶意把姚林林的照片贴到了网上，让更多人拿她的形象取乐。

看到这里，湛森的眉头皱得更深了。

"湛森，真的不是我……"姚林林慌乱地开口，试图再次解释。

"奇怪……感谢信和汇款单为什么会出现得这么及时？还有这些照片是怎么回事？"湛森指着屏幕上有姚林林剪影的和人做交易的照片。

"我……"姚林林心里一慌，湛森是相信了那些"证据"吗？

她顿时着急地说道："我也不知道啊，这些东西，我真的也是今天第一

10

第十章

无条件的信任

223

次见！"

"你也不知道？"湛森皱起眉头，像是在思索着些什么。

"我真的不知道！"姚林林急得团团转，"湛森你相信我，我不可能会做出伤害你的事的……"

"我出去一下。"她话还没说完，湛森便转身就走出了房间。

等一下！

我真的没有！你相信我！

姚林林在心里呐喊着，只是看着湛森大步流星走出门的身影，这一刻，她有好多想说的，却发现自己竟然一个字也说不出来。

男生出了门，一直到很久很久，久到黑夜过去，东方开始泛起了淡淡的珍珠白，湛森也没有回来。

姚林林呆呆地坐在房间里，脸上是一夜未干的泪痕，她感觉到了前所未有的绝望，湛森不相信自己，她也没办法证明自己的清白，一直到门铃声响起，姚林林的大脑都处于一片空白之中。

门铃一直在响，听到声音的姚林林抱着一线希望去开门，结果看到的却是林宝儿和夕柚米的身影。

"林林，你没什么事吧？"林宝儿一反平日里飞扬跳脱的模样，一脸担忧地问。

"是啊林林，你还好吧？"夕柚米也一脸关切。

姚林林看着两个关心自己的好朋友，再也受不了了，"哇"的一声哭了出来。

"真的……真的不是我！他不相信我！他不相信我！我不会做那种事

的！我才不会出卖湛森！为什么？到底是谁在污蔑我啊？"

"林……林林！"林宝儿被姚林林吓到了，赶紧抱住她安抚，"你冷静点，没事的，没事的，湛森那个混蛋不相信你，我和小米相信你，你放心，从始至终我们都是站在你这边的。"

"没错，没错……"夕柚米也忙不迭地安慰，"就算是刀架在你脖子上，你也不可能做出这种事啊。"

"那是，我们家林林绝对不会干这种缺德事，而且我跟你说啊，林林，为了你，我和小米可是奋斗了一晚上呢！"

林宝儿抱着姚林林诉苦。

"怎么了？"姚林林一边抹着眼泪一边问。

"对骂啊！"林宝儿扒拉着她的两个黑眼圈，"我和小米为了你的清白和荣誉，在论坛上奋战了一晚上，她负责删帖，我负责和污蔑你的人对骂，配合得亲密无间！"

"宝儿，小米……"姚林林感动地看着她们俩。

"虽然这么做了，但是刚才出发的时候，论坛又被黑帖覆盖了，抱歉……"夕柚米满是歉意地看着姚林林。

姚林林心里涌起一股暖流，她抱住两个好朋友，感动地说："我已经很满足了，谢谢你们，宝儿、小米。"

林宝儿正色道："林林，你有没有想过到底是谁在污蔑你？这明显是冲你来的，是不是你平时的敌人啊？"

"是啊……"夕柚米拉着两个人到了客厅，在沙发上坐下，"你最近有没有得罪什么人啊？"

10

第十章

无条件的信任

姚林林恢复了冷静，静静地想了一会儿："没有啊，我平时就只和你们一起，哪有机会得罪什么人。"

"那就奇怪了，和你有交集的，又能够看到设计图的，只有我们啊……"林宝儿分析说，"而且我没有看过你的设计图。"

"我也没看过，季哲宇和张凡也没有。"夕柚米接着说。

"啊！"姚林林突然间灵光一闪，"我想起来了，就是你们让我挑首饰的那天，温菡来过，当时我去给她倒水喝，出来的时候看到她在看设计图，不过我也不确定……她应该也只是好奇……"

"就是她。"

突然间，夕柚米斩钉截铁地打断了姚林林，姚林林和林宝儿都朝她看过去，只见她一脸严肃地说："你知道吧，温菡喜欢湛森。"

"我……我知道。"姚林林呆呆点头。

"那就对了……"她沉着一张脸，"对你有敌意的，生活在你周围的，有机会看到湛森设计图的，就是温菡。"

"应该不会吧……"姚林林脸色微变，"她就算是不喜欢我，应该也不至于……"

"你太天真了……"夕柚米沉声道，"我和温菡是表姐妹，她是什么样的人，我比你更清楚。"

"什么？"

姚林林和林宝儿同时瞪大眼睛，惊讶出声。

"嗯，我们刚认识的时候，你们不是看到过我和温菡在聊天吗？当时我骗你们说和她不熟，其实……当时就是她在告诉我，跟我同班的姚林林，不是什么好人，要我帮她一起对付你……"夕柚米看了姚林林一眼，眼底浮现出一抹悔意，"对不起啊，林林，当时是她就叫我假装和你们成为朋友，等到时机成熟，就可以对你出手了。"

"对我出手？"

"嗯……"夕柚米点头，"其实上次在海边，你的救生衣漏气，后来我想通了，当时是温菡帮我们挑的救生衣，为什么只有你的漏气？还有情书的事，也是她教我怎么做的，哦对了，还有，她是艺术系的高才生，在学校是有单人宿舍的，跟湛森说借宿舍，根本就是借口。"

霎时间姚林林浑身的汗毛都竖了起来，她惊恐万分地看着夕柚米："我……我不知道……"

"这次一定是温菡做的，她想要你身败名裂，让湛森再也不会喜欢上你。"夕柚米坚定道。

"林林！走！我们找她算账去！"林宝儿站起身来，气愤地拉着姚林林往外冲。

2

三个人气势汹汹地来到学校，正准备找温菡理论一番，可是谁知道她们才进校门，就被一群女生团团围住了。

"你们干什么？"林宝儿冲出来站在姚林林身前，冲那群女生吼道。

谁知那群女生看到姚林林来了，直接冲过来拉她，不管姚林林怎么挣扎都无法摆脱，很快她就被拉到了学校大礼堂，温菡正站在舞台上等着她。

"温菡！你干什么？"一路跟过来的夕柚米看到温菡，顿时厉声道。

温菡看到她们，冷笑一声，轻蔑道，"你说我想干什么？揭发学校里的臭老鼠啊！"

说着，舞台上的投影仪缓缓降落，屏幕上全部都是姚林林出卖了湛森的证据。

温菡手里拿着个文件夹，台下站满了人，这次湛森的比赛，学校里大部分的学生都在关注着，他们全都用鄙夷的眼神看着姚林林，认为是她破坏了这次都大获得冠军的机会。

"这些照片和记录，就是姚林林出卖湛森的证明。"

姚林林气得浑身发抖，她愤怒得眼睛都快喷出火来："你说谎！"

"呵呵……"哪知道温菡只是怜悯地看着姚林林，"真是可怜，现在才后悔之前做了那些事吗？可是已经没有机会了。"

说着，温菡的神色一变，她脸上挂着愉快的笑容："你这辈子就别想靠近湛森了，也别想再留在都大了。"

"你！"夕柚米忍不住上前一步，愤恨地看着她，"温菡，湛森设计图的事究竟是谁做的，我看你我都心知肚明吧！你这样逼迫林林，对你到底有什么好处！"

"小米？"温菡委屈地说，"我只是把真相告诉大家罢了，也让湛森看清楚和自己订婚的究竟是个怎样的人！"

温菡说这话的时候，眼神落在站在她面前的姚林林身上，那双平日里漂亮精致的眸子，带着某种隐藏的恨意和快感。

姚林林深吸一口气，毫不退缩地跟温菡的视线对上，她拨开林宝儿和夕柚米，冷静地平视着温菡："你喜欢湛森。"

"你喜欢湛森，身为湛森的绯闻女友，你从来不去戳穿那些人对你和湛森的误会，你希望他们一直误会下去，毕竟跟湛森最相配的人就是你了，任何人都不能从你身边抢走湛森，因为……"

　　姚林林的神情没有波动："你喜欢他。"

　　人群安静了一秒，大家都将视线朝温菡投去。

　　漂亮的女生被揭开了面具，一时间脸上红白相间，但她突然发出一声冷笑："我喜欢湛森又怎么了？全都大喜欢湛森的女生那么多，我们现在说的可是你背叛湛森的事，原本我还想着去你家找你认罪的，现在倒好，省得我跑一趟。"

　　"你凭什么污蔑人？"姚林林愤怒地说，"我根本就没有做那些事！"

　　她觉得自己真的很冤枉。

　　分明自己什么都没做，这些只是在论坛上看了些所谓的"证据"的人就有理由和立场来指责她，分明没有经过法庭的审理，更没有谁来听她的辩解，这些人就只会一味地站在所谓的道德制高点去评判和侮辱她……

　　"去死吧！你做的那些事我都看到了！滚出都大！"

　　一个女生终于忍不住，拿了一瓶水就要上来泼姚林林。

　　大家都没有想到会有这样的变故，顿时所有人都变了脸色，姚林林整个人愣在那里，根本来不及反应。

　　然而就在水即将泼到她身上的时候，一个身影突然挡在姚林林面前，她就被抱进一个温暖的怀抱。

　　闻着那熟悉的气味，姚林林不敢相信地抬头，看到湛森精致的下巴，还有他那双蕴含着怒气的眼睛。

10

第十章

无条件的信任

"湛……湛森……"

"湛森？"一旁的温菡也十分吃惊，看着用自己身体帮姚林林挡下水的男生。

那个泼水的女生更是停在原地，一副手足无措的样子，眼看着这一切发生的林宝儿和夕柚米站在舞台旁边，季哲宇和张凡也跟着走了过来。

"湛森要英雄救美了。"季哲宇冲夕柚米眨眨眼睛。

"累死我了……"张凡一脸睡眠不足的模样。

湛森缓缓地放开自己的手，在姚林林试图要跟他说话的时候，给了女生一个严厉的噤声的眼神。

接着，他将视线投向了温菡。

"湛森……"温菡从来没有在他的脸上看到过这种可怕的神色，心虚地叫了他一声。

然而男生却没有理她，他只是冷漠地看着她，然后，在所有人都始料不及的时候，湛森突然一把夺过温菡手里的文件夹。

"啊！"

在温菡的尖叫声中，他将文件夹撕碎了，台下也一片惊呼声，湛森冷冷地看着温菡，薄唇弯起冰冷的弧度。

"需要我把事实都说出来吗？"

"你，你在说什么？"温菡惊恐地看着他。

湛森冷冷地说："我也有证据，那个和宋嘉做交易的人，不是林林，而是你！"

"这……"姚林林也惊讶到了，她虽然知道是温菡陷害了她，可是却没

230

想到湛森竟然有证据！

温菡更是一脸惊恐，她尖声大叫："这不是真的！我没有！"

"省省吧……"湛森的声音响彻舞台，他冷淡地看着温菡，"想要用这个方法离间我和林林的关系，抱歉，你错了，设计图是我和林林一起想出来的，我们自小相识，她是什么样的人我比你们更清楚，别说为了钱出卖我，单论这份心机和手段，她这种蠢脑子也绝对想不出来。"

"喂……"原本还感动得一塌糊涂的姚林林顿时黑下脸来。

湛森将自己掌握到的证据一项项揭露出来——

"林林做交易的那张照片，是你请人P出来的吧？我已经请技术师分析出来了，还有录音你要不要听？"湛森冷淡地看着温菡。

"不……"她脸上露出痛苦的神情。

湛森却冷漠地笑了，他朝台下的季哲宇示意了一下，季哲宇会意地将自己手机的信号连接到舞台的音响，紧接着，舞台上响起了宋嘉的声音。

"你们学校的校花，温菡找到我……说是可以让我获得大奖，我以为这件事可以做到神不知鬼不觉……"宋嘉原本战战兢兢的声音说到这里，陡然变得歇斯底里起来，"她分明说过这件事谁都不知道的，我也给了她钱，可是现在，全天下都知道是我宋嘉花钱买了设计图抄袭，组委会知道了这件事，要重开比赛！就算你们不来找我，我也会去找温菡的，我要找她理论，把话说清楚！"

这份录音造成的反响，就像炸弹一样，刚开始大家还反应不过来，但是很快就发出嗡嗡的议论声，盖过了一切声音，大家都一边窃窃私语，一边看着温菡，眼神从最初的信任和热切，变成了完全的鄙夷与轻视。

第十章 无条件的信任

3

温菡一脸苍白地站在舞台上，她看着湛森，眼底流露出凄然和彷徨："你……你为什么……为什么要这么对我？我只是，只是喜欢你啊！"

"让人难堪的是你……"湛森丝毫不为所动，他冷冷地看着温菡，"转账证明和感谢信，全都是你骗宋嘉雯的花招，目的就是为了让所有人相信林林背叛了我，温菡，以前我认为我们是朋友，但从今往后，不会再是了。"

"我们花了整整一晚的时间去找这些证据，对了，我们掌握的证据还有湛森家路口的录像……"季哲宇从台下站起身来，也一脸鄙夷地说，"真没想到你会这么性急，才刚走出湛森家门，就迫不及待地拿出手机来翻看在他家拍下的设计图的照片，现在科技这么发达，要调个清晰的图像，一点都不困难。"

"是啊，你以为做得天衣无缝，却每一个地方都能让我们发现到蛛丝马迹，温菡……"一直在打呵欠的张凡也淡然出声，"以前你可是我心里集真善美于一体的校花啊，没想到真是越漂亮的女生越会骗人……"

"不，不是……"温菡仓皇地摇着头，她那张漂亮的脸上已经完全没有血色了，只能无助地看着湛森，"我没有想害你的，你相信我……"

"现在你终于知道林林是什么感受了吗？"林宝儿走到她面前厉声道，"可惜你不是被冤枉的！"

温菡闻言倒退了两步，她看着台下，所有人都用一种愤怒的眼神看着她，温菡吓得一下子跌坐在凳子上："我不是……我没有……我只是……"

她重复地喃喃着这两句，温菡突然抬头，一行清泪流在她脸上，她看着湛森："为什么你要喜欢姚林林呢？明明你和我才是最般配的啊，从第一次见到你，我就喜欢上你了，为什么？分明我们在一起的时间更长，我才更喜欢你啊！"

"这不能成为你伤害别人的理由。"湛森冷冷道。

"什么！"温菡被他的冷漠弄得一愣。

"我喜欢谁，愿意和谁在一起，都是我的事，你把自己的嫉恨建立在所有人的痛苦之上，现在被我揭穿，却想把责任推卸在我的身上……"湛森说到这里，眸子里浮现出一丝怜悯，"这个世界并不是以你为中心的，到如今还要耍些这种幼稚的手段，你不觉得脸红吗？"

"我……"温菡恼怒地想要说一些什么来弥补，却发现自己说不出任何话来。

"这种情况，应该报警吧……"冷不丁的，林宝儿说了一句。

很快，台下所有人都挥舞着手臂。

"报警！"

"报警！"

"报警！"

"不！不要！"温菡急了起来，她跑过去紧紧抓住姚林林的手，边哭边哀求道，"对不起，林林，我不应该这么做，我不应该毁坏你的声誉，但是请你……"

"我不会报警。"

女生淡淡的，却极为冷静的声音在舞台上响起。

霎时间全世界都安静了下来，所有人都不可思议地看着姚林林，唯独湛

第十章

10

无条件的信任

233

森，看向林林的眼神了没有丝毫变化。

姚林林平静地看着温菡："我不会报警，但是……我们从此以后，再也不是朋友了。"

"我知道你喜欢湛森，但是直到今天以前，我都认为，我们会成为很好的朋友。的确，我以前因为湛森的事情对你心里有些芥蒂，但是我从来都觉得是我自己的问题，我没想过去伤害任何人，温菡，你长得漂亮，又有能力，会觉得自己是世界的中心，这个世界上每个人都应该喜欢你，是很正常的。但是，我也想借这次机会告诉你，并不是所有的东西，都可以用计策和手段去衡量的，正如我和夕柚米的友情，还有……"姚林林顿了顿，看向身边的湛森，"我和……湛森的……爱情。"

眼睛微微一眨，温菡的眼泪就这样扑簌簌地落下来，她张嘴叫了声姚林林的名字，就再也说不出任何话了。

"谢谢你……"

"不用谢……"姚林林淡淡地说，"反正我也不会原谅你，再见。"

抄袭背叛事件落幕，姚林林和湛森告别了朋友们回到家中。晚上，姚林林为了庆祝自己"劫后余生"，特意准备了烛光晚餐，等到最后一道菜上好后，盛装打扮的姚林林坐在了湛森对面。

"湛森……谢谢你赶过来帮我，我不知道你会出现，还以为你……"

男生没有说话，只是静静地看着她，他的脸一如既往的英俊，他长而卷的睫毛浓密得像是扇子，灯光下，湛森冷峻的脸变得温柔起来。

"我相信你。"

这个时候，湛森突然出声。

姚林林抬头看着他。

"不回答你是因为理不出头绪，转身离开是因为想要快点找出真相，不想在事情确定前给你任何虚假的承诺，因为……"男生说到这里停顿了一下，他认真地看着姚林林，"你值得被这个世界最温柔地对待……"

"湛森……"姚林林感动极了，她从来没想到会在冷漠疏离的男生嘴里听到这样动听的话。

湛森却轻轻叹了一声，抬手将姚林林拥入怀中："答应我，以后不管有什么行动，都必须让我知道，好吗？"

姚林林听着湛森沉稳有力的心跳，重重地点头。

"叮咚！"

正在这时候，姚林林的手机突然传来信息声，冲淡了原本暧昧甜蜜的气氛，姚林林冲他抱歉地笑笑，接起了手机。

才打开微信，姚林林脸色就变了，坐在她对面的湛森见状皱眉问道："怎么了？"

"是温菡……"姚林林把手机举起来。

"林林，对不起。我想了一天，出了这样的事情，我已经没有脸在这里继续了，我打算离开都大，去国外发展。我现在这样，才更能体会到做那样的事对你有多过分，对不起，林林，是我鬼迷心窍，以为只要你不存在，湛森就会是我的了……我真是蠢，到现在才发现自己究竟有多可恶……林林，三天后我就要登机去国外了，我知道这个要求很过分，但是……我希望你能来送我，我会等，一直等到你来，我想得到你的原谅，真的，我希望自己可

第十章 无条件的信任

235

以有资格拥有你这个朋友。还有，谢谢你。"

姚林林沉默地看着手机，过了好一会儿，才犹豫地开口："你说……我要去吗？"

"你觉得呢？"湛森蹙起眉头，满脸不赞同。

很久之后，她突然眨了一下眼睛："我想去。"

湛森没有说话，但是眼神里却闪过一抹诧异："她曾经希望你去死。"

"我知道。"姚林林答得诚实。

湛森薄唇轻抿："林林，对坏人仁慈就是对自己的人残忍。"

"温菡不是坏人……"姚林林抓住湛森的手，男生的手宽大温厚，"当初小米也不是坏人，只不过是被感情冲昏了头脑，现在她已经真诚地道歉了，我想，我应该给她一次机会。"

"为什么？"

姚林林沉默了一下，但她很快说道："因为我想更自信从容地站在你的身边。"

对面的男生皱起眉头。

姚林林微笑道："你太优秀了，这么优秀的你，身边怎么可以有个睚眦必报，喜欢钻牛角尖的未婚妻呢？我要变得更优秀，变得更加闪亮，我想原谅温菡，给她这个恩惠，因为我希望，这个世界有更多的人承认，姚林林，是足够有资格站在湛森身边的。"

湛森无语地看着姚林林，片刻后，男生笑了，他伸出大手来揉了揉姚林林的头，眼底释放出宠爱的光芒。

"你啊……"

4

三天后，姚林林和大家一起去机场送温菡，她看到大家都出现了，感动地哭了出来。

"林林，谢谢你。"温菡紧抓着姚林林的手不放。

"没事啦……"姚林林大方地拍了拍她的肩膀，"希望你在国外一切都顺利哦！"

"表姐……"夕柚米这时也上前来，别扭地说，"我以前很喜欢你，觉得你是我人生的偶像，这次……就当是你辉煌人生路上的小插曲吧，希望你以后再有类似的事情的时候，可以想想这次的教训。"

正在温菡不知道说什么的时候，季哲宇上前来一把抱住夕柚米，冲温菡龇牙笑道："别多想啦，这丫头是舍不得你呢，她昨晚哭了一整晚，嚷嚷着最喜欢的表姐一个人去国外可怎么办。"

"好啦！就你话多！"被戳穿了的夕柚米第一次冲季哲宇大吼。

"小米……"温菡一把抱住夕柚米，"谢谢你……"

夕柚米一下子愣住了，过了许久，她拍了拍温菡的肩膀："你一个人在国外，要好好照顾自己……"

"嗯！"温菡眼里闪动着泪花。

正在两姐妹难分难解之际，登机的广播发出了，温菡跟大家一一告别，走到湛森面前时，她似乎想说什么，但是在看到男生冷漠的眼神后，却黯然垂下了眼帘。

她知道，她这辈子都不可能得到湛森的谅解了，即使姚林林原谅了她，

10

第十章

无条件的信任

湛森也不会，因为对他来说，姚林林重要过一切……

送完温菡登机回来，姚林林正准备做晚饭，可是正在这时，电话却响了起来，姚林林看了眼来电显示，竟然是她那个总是忘掉自己的老爸老妈，姚林林接起电话，就听到妈妈粗放的大嗓门。

"林林！下周六是你爷爷大寿，我们和你湛阿姨，湛叔叔商量好了，准备在家里给爷爷过生日，到时候我们都会去湛家，你和湛森也准备好，我们热热闹闹给爷爷过个生日！"

说着还不等姚林林回答就挂了电话！

另一边，湛森拿着手机从房间里出来，看到姚林林，两人异口同声。

"下周六我爸妈会来！"

"下周六爸妈回来！"

话音落下，两个人在初秋夜晚的微凉空气里，相视一笑。

周六，湛家一副其乐融融的景象，湛森爸爸妈妈和林林爸爸妈妈都回来了，大家围坐在餐桌前，帮75岁的爷爷过生日，宴会的菜品都是姚林林和湛森一起准备的，明亮的灯光下，爷爷感慨地看着湛森和姚林林。

"爷爷真是好开心啊……"爷爷今天喝了点酒，说话有些醉醺醺的，他指着湛森，还有姚林林，"爷爷这辈子最大的心愿，就是能够有一个湛森这样优秀的孙女婿，我们家林林啊……最让我担心啦！"

"爷爷……"姚林林不知道爷爷要说什么，想要出声阻止，但是已经来不及了。

爷爷慈爱的目光停留在姚林林身上，他笑了两声，看向姚林林的爸爸妈妈："你们工作忙，林林小时候没时间管她，把她扔在我那儿，我永远都记得，我们家小林林放学回家，拉着我的衣摆就问……"

"为什么别的小朋友都有爸爸妈妈，我却没有呢？我的爸爸妈妈去哪儿了？"爷爷说到这里，心疼地说，"那个时候我看着我家宝贝大孙女哭成那个样子，我这心里啊……也难受……"

姚林林被爷爷说得流下眼泪来，她害怕大家看见，赶紧低下头擦了脸上的泪。

从小爷爷就是最疼她的，即使后来湛森搬过来了，爷爷也还是更加偏爱她一些，所以当初即使爷爷有那么过分的要求，姚林林也还是同意了。

"所以啊，当我知道自己的病的时候，我就在想，要是我走了，咱们家林林怎么办呢？后来，我总算是找到了一个好人选！这个人就是湛森！"爷爷说到这里，眼带欣赏地看着湛森，"我们家林林，调皮捣蛋又不服管，唯一能制住她的，就是湛森了。"

"爷爷……"姚林林轻轻埋怨了一下爷爷，觉得他实在是太不给自己面子了。

哪知道爷爷咧嘴一笑："你害羞什么，你有什么事是爷爷不知道的？你啊，心思又粗，平时也不会照顾自己，湛森这么优秀，个性沉稳，而且爷爷在你们小时候就看出来了，这孩子早就喜欢你了，只是你还不知道。"

这下，在两家大人八卦眼神的注视下，湛森和姚林林的脸都红了。

罪魁祸首爷爷嘿嘿一笑，却突然感慨起来："你们现在虽然订婚了，但爷爷不知道，自己还有没有命活到你们结婚的那一年……"

"爷爷！"姚林林瞬间被爷爷说得哭了起来。

10

第十章 无条件的信任

"小丫头，急什么……"爷爷见她这样，不由得笑起来，他看了姚林林父母一眼，道，"你们啊，总要顾着自己的工作，你们以为我老头子精神还好吗？我自己的身体我自己知道，以后要是我走了，林林可就只能依靠你们了，这么些年……我帮你们把孩子拉扯大，没有要求过你们什么，你们是我的孩子，你们好，我自然高兴，只是希望你们能偶尔抽出空来，多陪陪自己的女儿……"

一席话，说得大家都伤感起来，姚林林更是憋不住轻轻抽泣起来。

突然，一双温暖的大手在餐桌下握住姚林林，似乎正在给她传递一种力量，姚林林侧过头，就看到湛森鼓励的眼神，男生的嘴型在说——

"别害怕，还有我。"

姚林林瞬间就心情开阔了不少。

"真是的，给您老人家庆生呢，说这么扫兴的话做什么，林林是我们的女儿，我们难道还会不管她？再说了，医生也告诉我们了，您的病好了不少，以后说不定林林生孩子都要您带呢！"

姚妈妈边擦眼泪边道。

"哕！"爷爷闻言顿时瞪大眼睛，佯装生气，"我帮你们养了女儿还不够，现在竟然还想我带你们的外孙，想得美！"

爷爷的话将之前的悲伤气氛一扫而空，餐桌上很快就恢复了之前欢乐的气氛。

晚饭后，大家都聚在客厅说话，收拾完厨房后，姚妈妈这时突然把湛森和姚林林叫到了楼梯间，正在湛森和姚林林错愕之际，姚妈妈却说："你们也看到了现在的情况，爷爷的病情稳定了很多，你们俩的订婚协议，有什么打算？"

姚林林和湛森没想到姚妈妈会有这么一问，顿时惊愕对视，都从对方眼里看到了不愿意。

姚妈妈看两人这个模样，一丝笑意爬上嘴角，她故意轻咳两声，严肃道："当时爷爷要你们签订订婚协议的时候，我看你们两个都很不情愿，我看还是跟爷爷说实话吧，他也能承受得住，明天我就去办手续，帮你们解除协议……"

姚妈妈的话还没说完，姚林林就突然一声大叫，她看着自家妈妈，一脸焦急的模样："我忘了我还有作业没写！"

湛森则摸了摸鼻子，慢慢转身："阿姨，我那边还有点事要处理，我先走了。"

眼看着两个孩子用各自的理由逃避这个话题，恶作剧得逞的姚妈妈嘴角的笑意，更加明显了……

姚林林和湛森走到厨房附近，两个人各自都松了一口气，接着就在他们以为自己可以喘息的时候，门铃响了。

湛妈妈去开的门，门外，可爱的哆哆背着小书包抱着大熊站在门外，冲房间里的姚林林和湛森笑眯眯地喊道：

"爸爸！妈妈！哆哆来啦！"

"湛森！姚林林！你们给我解释解释！我们不在的时候，你们到底做了什么？"

"妈！不是你想的那样，你听我解释啊！"

温暖的房间里，哆哆捂着嘴坏笑着，看着乱成一团的姚林林和湛森，整

第十章

无条件的信任

个房间里，洋溢着美好和温暖，即使姚林林被妈妈和爸爸捏着耳朵，即使湛森也被湛爸爸和湛妈妈堵在墙角严刑逼供，但是——

"真甜蜜呀，我的爸爸妈妈……"

哆哆抱着大熊，咧开嘴笑得很是幸福。晚上，总算解释清楚的姚林林和湛森瘫坐在客厅的沙发上，哆哆却在此时吵着要吃冰激凌，湛森去冰箱翻了翻发现没有，便跟姚林林说出去买，等到湛森走了之后，家里再度恢复了安静，姚林林无聊，于是在站起身来去湛森的房间里找书看。

湛森房间的书架又大又高，她踮起脚来很费力才能够到，好不容易拿到书了，姚林林却突然脚下一个趔趄，撞了书架一下，接着，位于书架顶层的一个盒子就这么朝着她的脸砸了下来。

"啊！"

姚林林痛呼，揉了揉自己的脸，刚刚抓起那个盒子，突然从里面掉出来一封信，她顿时瞪大了眼睛，因为和那封信一起出来的，还有她高中时候的照片！

心头一震巨跳，姚林林打开那封信，这竟然是爷爷在一年前写给湛森的信，心里面爷爷告诉了湛森他的计划，准备在林林考上大学以后就让他们两个订婚，要湛森一定要配合他……

姚林林看着照片里青涩的自己，一个念头猛地蹿到心间……

难道……

THE LITTLE
SWEET WEDDING

尾声

正在这时，房门从外面被打开了。

姚林林朝门口看去，湛森手里拿着冰激凌，他站在门口错愕地看着她，这一刻，他罕见地竟然有些慌乱。

"林林……"

"湛森……"姚林林站起来，手里拿着信封，"这是怎么回事？你怎么会有我高中的照片？我们难道不是在爷爷的病房里重逢的吗？订婚协议的事，你早就知道了对不对？"

湛森嘴巴微张地看着姚林林，想说什么，却又无法开口。

"你说话啊，你这么做究竟是为什么？难道是因为我好骗？还是因为你只是为了完成爷爷的心愿……"

"不是。"湛森打断了她，男生用坚定的眼神看着姚林林，"不是为了完成爷爷的心愿。"

"那是为了什……"

姚林林话还没说完，突然感觉到自己唇上一软，她瞪大眼睛，男生的唇此时已经吻上了她的，像是叹息一般，湛森的唇印在了姚林林的唇上、鼻尖上、额上，最后，他把她拥入怀中。

"因为我喜欢你啊。"

男生低沉沙哑的声音在姚林林耳边响起，湛森侧脸磨蹭着姚林林耳垂。

"在我很小很小的时候，我就已经喜欢上了你，所以林林，请你嫁给我，好吗？"

在姚林林怔愣之际，男生从怀里拿出一枚对戒，他轻轻牵起林林的手，将那对戒套入她的中指，接着，湛森伸出自己的左手，和姚林林的放在一起，他的中指上，也戴着一枚对戒。

两个人的手指上，象征着美好和爱情的对戒，熠熠生辉。

"你愿意吗？"湛森深深地看着姚林林，男生向来冷静的脸上，浮现出一抹紧张之色。

姚林林温柔一笑，初秋凉爽的风从窗外吹进来，她注视着面前英俊的男生，眼前的一切都美好得像个梦。

她轻启双唇，听见自己的声音说："我愿意。"

尾声

花开缘起·花落缘灭

●唐家小主
——世上最让人参不透的字是"悟"，最让人逃不开的是"情"。

・玉容寂寞泪阑干，梨花一枝春带雨　・砌下落梅如雪乱，拂了一身还满

楚少秦：我不准你爱上其他人，你这辈子只能爱我一个人，你是我的。
梨秋雪：我恨他，可是我也爱着他。

——《梦回梨花落》

辩真儿：忘尘这一辈子，世人皆可见，唯不见红颜。
柳追忆：辩真儿不是世人，我也没爱过世人。

——《眉间砂》

梦回当年，梨落成泥，江山永隔
红梅乱雪，琴弦挑断，岁月永殇

最怕爱你至白头，此生不得终